坂井希久子

華ざかりの三重奏《テルツェット》

双葉社

華ざかりの三重奏《テルツェット》

装画　水沢そら
装丁　小川恵子（瀬戸内デザイン）

第1章

冬

1

やっぱり、来なきゃよかった。

空になった隣のグラスにビールを注《つ》いでやりながら、可南子《かなこ》は控えめに息をつく。

五十名が収容できるという、和食料理店の宴会場。テーブルと椅子の部屋なのは、近ごろ痛みはじめた膝にはありがたい。たいした会費を払っていないのだから、宴会料理の内容がいまひとつなのも諦めがつく。

「息子がさ、まだ大学生なのよ。家のローンも残ってるし、ホントいくつまで働きゃいいんだか」

「分かるよ。再雇用つっても、給料は大幅カットだし。年金もらうまでどうやって食い繋げってんだ」

「いやいや、お前ら厚生年金だろ。まだいいよ。自営業は悲惨だぞ」

だけど会話が愚痴メインなのには、そろそろ厭《あ》きてきた。

メンバーはそれぞれが、首から名札を下げている。大学生の息子がいるのは桜井《さくらい》で、給料が減ると嘆いているのは山田《やまだ》。それから自営業者らしいのは矢坂《やさか》――。

って、矢坂布団店のヒロシか。そういえば唇の上の大きなホクロには見覚えがある。もしかすると、家業を継いだのかもしれない。

それにしても、名札がないと誰が誰だかさっぱりだわ。

四十五年ぶりなのだから、そりゃあそうだ。中学の同窓会なんてものに、なにを期待していたのだろう。

だいたい右隣の桜井はさっきから、ビールグラスが空になるたび注いでやっているのに、気づきもしない。彼の世界にはきっと、飲んでも減らない魔法のグラスが存在しているのだ。

中三のとき、ちょっとだけ好きだったのにな。

現実は淡い幻想を、最大瞬間風速で吹き飛ばす。陸上部のエースだった当時の、カモシカのような脚はどこへ行ってしまったのだろう。四十五年の月日と共に脂肪をたっぷり溜《た》め込んで、代わりに毛髪は儚《はかな》く散っていったようだ。残った髪を立たせて量をごまかすのも、そろそろ限界にきている。

ま、私だってまったく人のことは言えないけどね。

やれやれと肩をすくめ、ぬるくなった刺身を口に運ぶ。海なし県でも近ごろは、冷凍技術の発達によりそこそこいい魚が食べられるそうだ。でもこのマグロは、妙に鉄くさかった。

「ねぇねぇ。竹下《たけした》さんって、高校から前橋《まえばし》に行っちゃった竹下さん？」

所在なく手酌でビールを飲んでいたら、左隣の女性に話しかけられた。

名札に書かれた名前は、『高屋敷《たかやしき》』。そんな珍しい苗字の同級生に心当たりはないのだが、その後に括弧でくくって『森《もり》』とある。こちらが旧姓のようだ。

「あ、森さん？　図書委員で一緒だった」

「覚えててくれた？　うん、図書だより作ったよね」

うっすらと記憶がよみがえってくる。同じクラスではなかったけれど、お互い真面目だったから委員の仕事でよく一緒になった。読みやすい、綺麗な字を書く子だった。

「ああ、モッさんの隣で図書の貸し出ししてた子だ！」

森さんの正面に座る女性が、「分かった！」と手を叩き合わせる。こちらは旧姓にも覚えがない。でもそんなことはおくびにも出さず、「そうそう」と話を合わせておく。

「もしかして、今はこっちに戻ってきてるの？」

右隣の男性グループは仕事関係の愚痴、左隣の女性グループは地元の噂話で盛り上がっていたので今まで空気と化していたのだが、ついに可南子も会話の俎《そ》上《じょう》に引き上げられてしまった。

「ううん。大学から東京に行って、それからずっとあっち」

「そうなんだ。どうりでお洒落《しゃれ》だと思った！」

声が届く範囲の女性陣が、どんどん身を乗り出してくる。地元に残った彼女らにとって「東京」は、センセーショナルな話題なのだ。

「見た感じ、専業主婦じゃないよね。お仕事は？」

「アパレルブランドのプレス」

なるべくさらっと答えたつもりだったのに、女性グループから「おお！」とどよめきの声が上がった。

「すごい」「かっこいい」という褒め言葉は、悪い気がしない。でもこれしきのことで自尊心が揺さぶられるのも恥ずかしく、「いえいえ、そんな」とうつむいて首を振る。

女性たちの高揚っぷりに、男性陣もなにごとかと振り返った。桜井と、やっとまともに目が合った。つぶらな瞳が見開かれ、「あっ！」と声が上がる。

「竹下ってあの、三つ編みの？」

まさか、覚えられていたとは。カモシカの脚を失った相手であっても、そこはかとなく喜びを感じた。

「いやいやいや、全っ然分からなかった。髪くらい染めろよ、婆《ばあ》さんみたいだぞ」

ああ、違った。やっぱり気のせいだ。桜井はもはや、がさつで無遠慮なオッサンだ。

可南子は速やかに、十五歳だった桜井のお墓を心の中にうち立てた。

本人の代わりに女性陣が、ブーブーと桜井を批難する。

「馬鹿ねぇ、これはグレイヘアっていうの。最近は専用のカタログも出てるのに、知らないの？」

「知らん知らん。それにしても前髪パッツンすぎるだろ」

前髪は、かなり短く切り揃えている。それどころかサイドもフェイスラインが綺麗に出る長さでパッツンだし、後ろは刈り上げだ。

このスタイルは、四十半ばから変えていない。三年ほど前に思い切って白髪染めをやめてみたら、可南子好みの大柄でカラフルなワンピースがさらに似合うようになった。

誰になんと言われても、屁《へ》でもない。可南子は今の自分を気に入っている。

「あら、変？　青山《あおやま》のカリスマ美容師が提案してくれたんだけど」

でも腹は立ったから、分かりやすく都会の風を吹かせてやった。

「ほらー。青山だよ、青山。桜井なんか行ったこともないでしょう」

きっと女性陣も、鼻についたに違いない。どうせ後で陰口を叩かれるだろうけど、今は桜井を責めることにしたようだ。

「うるせぇな、青山がなんだってんだよ。だいたい竹下はさ——って、あれ。お前、苗字変わってないの？」

苦し紛れに反論しようとした桜井の視線が、可南子の名札に注がれる。『竹下』という苗字は、括弧にはくくられていない。

「まぁね、未婚だから」

べつに今どき、恥ずべきことでもない。含みを持たせるのも面倒で、あっさりと告白する。

「バツがついてるわけでもなく？　へぇ、でもなんか、そんな感じするわ」

そんな感じ。って、どんな？

妙な引っかかりを覚え、眉頭がぴくりと動く。

結婚なんて、興味なさそう？　誰からも愛されなさそう？　もしくはたんに、家庭のにおいがしないってだけ？

「ちょっと、さすがに失礼！」

とっさに言い返せなかった可南子の代わりに、森さんが怒っている。真面目なのは昔から変わらないようだけど、桜井の発言を失礼と決めつけるのも可南子に対して失礼ではなかろうか。

還暦を目前に控えた男女が集まっているはずなのに、中学時代に戻ったかのようだ。焦って下手な言い訳を並べる桜井を、女子たちが「サイテー」「謝りなよ」と責め立てる。いつかの教室で見たような光景だった。

うんざりして、可南子は口を開く。この茶番に終止符を打つ、つもりだった。

「いいの、よく言われる。気楽な身分でごめんなさいね。誰かと違って子供の学費の心配もないし、定年退職後はせいぜいのんびりしてやるわ」

棘《とげ》のある物言いに、自分でも驚いた。圧倒されて、女性陣が言葉を失う。けっきょく可南子自身も桜井の発言を、「男受けが悪そう」と解釈して傷ついていたのだ。

六十を目前にして、男受けもなにもあったもんじゃないってのに。

さてこの白けた空気を、どうしたものか。取り繕うように、可南子はドリンクメニューに手を伸ばす。

「ここって、飲み放題なのよね？」

幹事の矢坂が小刻みに頷き、山田が先回りをしてテーブルの呼び出しボタンを押した。

ビールばかりじゃ体が冷える。注文を取りに来た店員に、熱燗《あつかん》二合をオーダーした。

「なぁ、桜井」その隙に、矢坂が耳打ちするのが聞こえてくる。

「フォローしとけよ。竹下さん、さっきからずっとお前のビール注いでくれてたぞ」

気づいていたなら、もっと早いうちから指摘してほしかった。

「えっ、そうだったの。なんだよ、意外に気が利くじゃん」

そんな見直されかたは、ちっとも嬉しくない。桜井が、立ち去りかけた店員を呼び止める。

「熱燗あと、三本ほど持ってきてよ。お猪口《ちょこ》もいくつか。よろしくね、お兄ちゃん！」

早くも酔っているのだろう。無関係な他人への絡みかたが絶妙に鬱陶しい。

店員を見送ってから、桜井は可南子の肩に気安く手を置いた。

「よし、じゃあ次は俺が注いでやるよ。まさか、俺の酒が飲めないなんて言わないよな？」

おいおい。これだけでもうセクハラ、パワハラ、アルハラの合わせ技一本だけど、この人大丈夫？

今の時代にこのノリで、ちゃんと社会人をやれているのだろうか。桜井の社内での立ち位置が、急に心配になってきた。

男女雇用機会均等法第一世代の女の肝臓を、舐《な》めるな！

鼻息を荒くして、可南子はぐびりと日本酒をあおる。燗をつけてあるぶん、アルコールは回りやすい。お腹がほかほかして、血の巡りがよくなっている。

右隣の桜井など、首まで真っ赤だ。まともに座っていられないらしく、だらしなくテーブルに突っ伏している。飲めと煽っておいて、先に潰れてりゃ世話がない。

「すみません。お水、デカンタでもらえますか」

これ以上はまずかろうと、森さんが気を回してくれた。その声を聞きつけて、桜井がむくりと頭を起こす。

「いや、まだ。まだ、飲めるぞぉ」

「やめとけって。お前、もともとそんなに強くないんだから」

矢坂が桜井の背中をさすっている。だったらなんで、飲み比べを持ちかけてきたんだ。可南子は呆《あき》れ、空になったお猪口を置いた。

「はい、飲むならこっちにしときな」

店員が運んできたデカンタの水を、新しいグラスに注いでやる。飲んだほうがいいと勧めると、桜井はイヤイヤをするように首を振った。

「ちくしょう、なんだよ。お前に俺の、なにが分かるってんだよぉ」

お手本にしたいくらいの、見事な「くだ」である。面倒だから頭から水をかけてやりたくなったが、すんでのところで思い留まる。

「知らないわよ。あなたにもいろいろ、あるんでしょうけど」

「そうだよ、あるんだよ。一人モンと違ってよぉ」

「一人モンにだって、やっぱりいろいろあるわよ」

女性陣は可南子と桜井の応酬に厭きて、とっくに別の話題で盛り上がっている。男性陣もちらほらと席を立ち、もう一つの長テーブルとの交流を深めていた。

矢坂が小学校から同じだったグループに呼ばれたようだ。「ちょっとこいつ頼むわ」と、酔っ払いを託されても困る。桜井は「むにゃむにゃ」なんて、冗談のような寝ぼけ声を出している。

「まぁ、そうだよな」

ずいぶん間が空いていたから、桜井の唐突な呟きに、「え？」と聞き返しそうになった。

ああ、お互いいろいろあるって話か。

そりゃあそうだ。揃いの制服を着ていたころから、四十五年。さっきから耳に入ってくる噂話によると、不参加メンバーの中には病気や事故ですでに亡くなった人もいる。同窓会にはとても顔を出せないような、不始末を起こした者だって。

同じ教室で学んだところで、誰一人として同じ人生を歩むことはない。ここにいる誰しもが、詳しくは言わないだけでいろいろあったに違いなかった。

たぶん可南子も、酔っているのだろう。テーブルに突っ伏す桜井がほんの一瞬、嘔吐《おうと》物まみれになって泣いていたかつての同僚に見えた。彼女は辞める間際に、こう洩らしていた。

「ごめん、竹下。アタシもう無理。これ以上は体がもたない。もうずっと、生理も来てないんだわ」

男女雇用機会均等法が施行され、女性の就職はそれまで短大卒が有利とされていたのが、やっと四大にも求人がくるようになったあの時代。可南子は総合職として、国産の老舗《しにせ》アパレルメーカーに就職した。

扱っている商品は八割がた女の服なのに、女性がいるのは売り場ばかり。本社には、男性しかいなかった。そんな中で可南子たちはあたりまえのようにお茶汲みや掃除を命じられ、団結して抗議をすると、「じゃあこれからは男と同じように扱うから文句を言うな」と開き直られた。

折しも日本はバブル景気の真《ま》っ只《ただ》中。若者は恋とファッションに夢中で、高価なブランド服が飛ぶように売れていた。

連日各地の取引先を飛び回り、夜は接待。朝四時から焼き肉を食べさせられることも珍しくはなく、体育会系の男子でも慢性的な胃痛に悩まされていた。四人いた同期の女たちは心か体の調子を崩し、あるいは出産後も続けられそうにないと諦めて、静かに数を減らしていった。

三十を過ぎて、残っていたのは可南子だけ。なにも特別優秀だったわけではない。ただ胃腸と肝臓が丈夫で、結婚もせず、それを揶揄《やゆ》されても動じない程度に神経が図太かったというだけだ。

とにかく仕事漬けの毎日だった。住んでいたマンションの部屋は荒れ、恋人には「君と築く家庭が想像できない」と去られたりもした。プライベートを犠牲にして働いたところで、会社の古い体質は変わらない。同期の男がどんどん管理職になってゆく中で、可南子だけが取り残されていった。

社内で大規模な希望退職の募集があったのは、四十五のときだ。かつてあんなに売れたブランド服は長引く不況とファストファッションの台頭により、さっぱり売れなくなっていた。同時に取り扱っていた六つのブランドの廃止と、全体の一割にあたる直営店の閉鎖が発表された。

あの頭の固い経営陣では、この先もジリ貧だろう。いい機会だと見切りをつけて、可南子は転職活動をした。ちょうど知人がいるアパレル企業で五十代以上の女性向けブランド『immer』の立ち上げがあり、広報の経験があった可南子は重宝された。

それからは、楽しく仕事をしてきたわけだけど。

五十九歳の誕生日、いつもどおり仕事をして真っ暗な部屋に帰ってきたとき、ふと気づいた。

そうか、定年まであと一年なのか。

そのとたん、体が急に砂になって、さらさらと崩れ落ちてゆきそうな感覚にとらわれた。

若いころから体に鞭《むち》打って働いてきたのだから、定年退職後はちょっとのんびりしたいという、漠然とした思いはあった。幸い前の会社を辞めたときに、まとまった額の退職金をもらっていた。ローンはなく、弟夫婦と共に前橋に住む母親は高齢だが、頭も体もまだまだしっかりしている。

再雇用であと五年働けるとしたって、今の部署にいられるわけじゃないんだし。

どうせ一年契約の、嘱託社員という扱いだ。給与は半減。再就職先を探すにしたって、この歳でファッション業界は厳しいだろう。

　そのうちまた、やりたいことが見つかるかもしれない。でもひとまずは、趣味に時間を使ってのびのびと——。

　でも、趣味ってなに？

　ずっと、仕事しかしてこなかった。休みの日は寝たいだけ寝て、溜まった家事を少しだけ片づける。美的感覚を養うため美術館巡りはしていたが、探していたのは仕事のヒント。人間関係だって、仕事絡みのつき合いばかりだ。

　ちょっと待って。定年を迎えた後って、みんななにをして過ごしてるの？

　この先もあたりまえに続くと思っていた道が、六十を境にして途切れてしまう感じがした。その先に見える景色はなにもなく真っ白で、ああ間もなくあの中に放り出されてしまうのだと、不安になった。

　時間はあるのに、やるべきことがなにもない。

　そんな定年後の虚無感は、男性特有のものと思っていた。けれども男に負けじとバリバリ働いてきた可南子の世代には、他人事ではないのだった。

　なにか、趣味を見つけなきゃ！

　脅迫的な衝動に駆られ、カルチャーセンターのホームページを覗いてみる。そのとたん、項目の多さに眩暈《めまい》がした。この中からどうやって、自分に合うものを探せばいいのか。だいいち活動風景の写真に写っているのは、シニアばかり。この仲間入りをするのかと思うと、嫌になった。

そうこうするうちにあっという間に時が経ち、ついに年も明けてしまった。

可南子の誕生日は、四月の下旬だ。会社の就業規則によればその前日が、最終出勤日となる。

それなのに日々の雑事に取りまぎれ、趣味はまだ見つかっていない。

「伊勢崎《いせさき》五中、校歌斉唱！」

矢坂たちのグループが、声を揃えて歌いだす。みんな一番は覚えていたが、二番以降があやふやだ。

そういえばこんな歌だったと、可南子も久し振りに思い出した。

「お正月の三日に、同窓会があるよ。もしよかったら来てみない？」

そう誘われたから、わざわざ東京から来てみたけれど。四十五年も顔を合わせていなければ、かつてのクラスメイトもほとんど知らない人だ。

しかも、誘った本人は来てないし。

可南子は正面の空席に目を向ける。参加すると聞いていたのに、なにか急用でもできてしまったのだろうか。

彼女との再会は、楽しみにしていたんだけどな。

会えないならしょうがない。幹事にひと言断って、ホテルに帰ろう。桜井も、気持ちよく寝入ってしまったみたいだし。

可南子は椅子を引いて立ち上がる。雲を踏んで歩いているかのように、足元がふわふわする。

やっぱり私も、飲みすぎたみたいだわ。

このまま一人でホテルに帰ったら、泣いてしまいそうな気がする。みじめな気持ちにならないよう、甘いものでも買っていくべきか。

幹事の矢坂は、校歌をフルコーラス歌い終えて談笑している。話しかけるタイミングを窺《うかが》っていたら、森さんが「あーっ！」とはしゃいだ声を上げた。

「やっと来た。遅いよ、よっさん！」

他の女子たちも、「久し振り」と手を振っている。

「ごめんごめん。出ようとしたら車のバッテリーが上がってて。ライトつけっぱなしだったみたい」

記憶にある声色とは、少し違う。でも抑揚のつけかたが、間違いなくあの子だ。

振り返ると、全体的にふんわりとした印象の女性が立っていた。栗色のボブスタイルに、いつも微笑《ほほえ》んでいるような丸い頬。くりっとした二重の目が、三日月形に笑み歪《ゆが》んでいる。

白いニットの胸元で揺れている名札には、『大友《おおとも》（西村《にしむら》）』とあった。

そんなものに頼らなくても、分かる。たしかに歳は取ったけど、笑顔がちっとも変わっていない。

西村芳美《よしみ》、あだ名はよっさん。中学時代の、一番の友達だった。

「ああ、よっさん」

ぼんやり呟くと、三日月形の目がこちらを見た。

「あっ、タケコ！　よかった、会えた。久し振り！」

ぱぁっと顔を輝かせ、芳美が近づいてくる。小動物のような動きもそのままだ。廊下の向こうから「タケコ！」と呼んで、小走りに駆けてくるセーラー服の少女と姿がだぶる。

そうだ、タケコだ。竹下可南子を縮めてタケコ。あのころは、そう呼ばれていた。

背が高いのを気にしている、お下げ髪の少女が自分の中からひょっこりと顔を覗かせた。

「ねぇタケコ、知ってる？　斎藤《さいとう》ひかり先生が、四十二年ぶりに『時の旅人』の続編を出すのよ！」

芳美が可南子の両手を取り、飛び跳ねる。久し振りの再会にしては、脈絡のない話題だった。

それでも可南子は芳美の手を強く握り返し、「うそっ！」と一緒になって飛び跳ねていた。

2

酒樽にでも浸《つ》かっていたみたいに、自分の体が酒臭い。

喉の渇きを覚えて目を開けると、見慣れぬ天井に現実感があやふやになった。予約したホテルの天井ではない。だって、和室だ。

布団から起き上がろうとして、顔をしかめる。あいたたたた、頭が痛い。ひどい二日酔いだった。

着ているのは小花柄のピンクのパジャマ。どう考えても、可南子には似合わない。階下から微《かす》かに、料理のにおいが漂ってくる。

しまった、今は何時だろう。

機敏には動けず、のろのろと立ち上がり、申し訳程度に布団を畳む。

広い家だ。築年数を経た日本家屋は底冷えがして、可南子はキュッと身を縮める。二の腕をさすりながら階段を下り、美味しそうなにおいを頼りにダイニングキッチンへとたどり着いた。

「あ、起きた？　おはよう」

ガスコンロの前に立っていた芳美が振り返る。化粧をしておらず、頬にはうっすらとシミが浮いていた。けど可南子だって、ひどい顔をしているに違いない。

「寒いでしょう、これ羽織って」

鍋の火を止めてから、芳美が椅子の背にかかっていた綿入れを着せてくれた。昔ながらの、久《く》留《る》米《め》絣《かすり》の半纏《はんてん》だ。

「あら、タケコが着るとなんだかお洒落ねぇ」

上機嫌な笑い声を聞きながら、頭の中を整理する。そうだ、同窓会の後「うちに来ない？」と誘われて、そのまま芳美の家に泊まったのだ。

目を細め、壁にかかった時計を見遣《みや》る。すでに九時を過ぎていた。

「ごめん、寝すぎたみたい」

「私も。夜遅くまで喋りすぎたわね」

寝癖のついた髪を揺らし、芳美は悪戯《いたずら》っぽく肩をすくめる。水をもらえるかと尋ねると、グラスになみなみと水道水を注いでくれた。

「生姜《しょうが》スープを作ってたの。飲む？」

食欲はなかったが、そのスープは酒で荒れた胃に優しそうだ。可南子は「ありがとう」と頷いた。

「持ってくから、昨日の部屋で待ってて。ヒーターつけておいたよ」

促されるままにダイニングキッチンを出て、廊下をL字に曲がった先の引き戸を開ける。そこが昨夜、芳美と遅くまで談笑した部屋だった。

室内は充分に暖められており、可南子は肩の力をほっと抜く。グラスに口をつけると、なんの変哲もない水道水がやけに美味しく感じられた。

ふらふらと中に入り、猫脚のソファに腰を落ち着ける。

純和風な造りの家の中で、この部屋だけが異質だった。

二部屋の和室をぶち抜きにしてフローリングにリフォームしたそうで、昔の名残を留《とど》めているのは牡丹《ぼたん》を彫り込んだ重厚な欄間だけ。それ以外はソファにテーブル、カーペットや間接照明に至るまで、ヴィクトリアンスタイルでまとめられている。アンティークらしきマントルピースまであり、その中央で暖炉型の石油ファンヒーターが稼働していた。

よっさんの趣味が全開なのは、よく分かるけど。

これだけこだわっているのに、壁一面の本棚がヴィクトリアンな雰囲気を台なしにしている。床の間と押し入れを潰して作りつけにしたらしく、そこにはずらりと、新旧の少女漫画が詰め込まれていた。

そういえば高校に入ってから、漫画を読まなくなっちゃったな。

中学時代は芳美と二人で夢中になって、貸し借りしながら読んだものだ。悲しいかな中学生の資金力では好きな漫画をすべて買い揃えることができず、担当作家を分けていた。

たとえば池田理代子《いけだりよこ》先生はよっさんで、美内《みうち》すずえ先生は私、竹宮恵子《たけみやけいこ》先生はよっさん、萩尾《はぎお》望都《もと》先生は私――。

互いの家をよく行き来していたから、芳美の部屋は第二の本棚のようなもの。新しい巻が出ると購入担当が自分じゃなくても一緒に書店に行って、相手が読み終えるのを前の巻で気を紛らわせながらじりじりと待っていた。

当時はまだ漫画は小さな子供のものという認識が根強くて、同好の士を見つけるのは難しかった。図書委員の森さんにも勧めてみたら、「漫画は小学生で卒業したから」と返されたほどである。のちに「花の二十四年組」と呼ばれる若い描き手がどんどん出てきて、多くの読者を獲得していったけど、ニッチな趣味には違いなかった。

あんなに、好きだったのにな。

マホガニー色のテーブルには、昨夜芳美とワインを空けながら散々語り合った『時の旅人』全六巻が出しっぱなしになっていた。決して歳を取らない十四歳の少年テオが、永遠の時を終わらせる術《すべ》を求めて旅する物語だ。

水のグラスをテーブルに置き、代わりに『時の旅人』第一巻を手に取ってみる。

舞台は中世のイングランド。百年戦争後に発生した薔薇《ばら》戦争の最中であり、山と積まれた戦死者の遺体の中でテオは突如目を覚ます。覚えているのは名前だけ。僕はどこから来たんだろう。なぜこんなところにいるんだろう。薔薇の紋章は血にまみれ、赤か白かの区別もつかない。

戸惑い彷徨《さまよ》ううちに、残党狩りの槍先に倒れるテオ。しかし放置された森の中で、またしても無傷でよみがえる。彼は決して、死ねないのだ。

懐かしさについ夢中になって、可南子はページをめくってゆく。七〇年代の少女漫画らしい流麗なタッチの絵と、感傷的なモノローグ。彼を味方の兵と信じて助けた一兵士との少しきわどい心の交流と、次なる戦場での死別。

テオ（神の贈り物）という名前は誰がつけたの？　贈り物の主は本当に神様なの？

喪失感に身を引き裂かれそうになりながら、テオは次の時代へと旅立ってゆく。

一巻は、そこで終わっている。


斎藤ひかり先生の物語の求心力は、やはり凄《すさ》まじい。

これを二十歳そこそこで描いたなんて信じられない。久し振りに読んだら圧倒されて、可南子は深々とため息をつく。

ふいに、人の気配を感じた。顔を上げると本棚の近くに置かれたオットマンに、芳美がちょこんと座っている。

「相変わらず、すごい集中力ね。スープ、冷めるから鍋に戻してきちゃった」

「やだ、ごめん！」

慌てて立ち上がろうとした可南子を、芳美は手を突き出して押し留める。

「いいのいいの。タケコが貪るように漫画読んでるのを見るの、大好き。むしろ六巻までしっかり読んでほしいくらいよ。途中から読んでいないなんて、信じられない！」

丸みのある頬をさらに膨らませ、存在を無視されたことより漫画を読んでいなかったことに怒っている。『時の旅人』の五巻と六巻が刊行されたのは、可南子たちが中学を卒業した後だった。

「だってほら斎藤ひかり先生は、よっさんが購入担当だったから」

「なによ、その言い訳。私なんてタケコが前橋に行っちゃってから、あなたの担当もコツコツと買い集めたのよ。高校に入って読まなくなったなら、全部譲ってほしかったわ」

芳美の本棚には、たしかに可南子が買っていた作家も揃っている。好きなものに対する、並々ならぬ情熱が感じられた。

私が持っていた漫画は、どうしたんだっけ。

高校時代は遊びに来た友達に見つからないよう、段ボールに入れて保管してあった。だけど、東京に進学するときには持って行かなかった。あのとき置いていったものはすべて、実家を建て替えるときに母親が処分したはずだった。

「今思えば私、新しい土地に馴染《なじ》まなきゃと必死だったのね」

当時の可南子にとって前橋は都会だったから、「ダサい」とか「イモい」とかいうレッテル貼りには特に敏感だった。長いお下げ髪を、短く切ったのもそのころだ。日曜に友達と遊ぶための服装にも気を遣い、漫画に割くお小遣いはなくなった。

それに高校生にもなって少女漫画を好きな子は、「ネクラ」という認識だった。グループの中にも読んでいる子はいたのかもしれないけれど、決して大っぴらにはしなかった。「ネクラ」な子たちのいるべき場所は、教室の隅っこだった。

「人からどう思われるかなんて、べつに気にしなくてもよかったのにさ」

そう言えるのは、大人になってしまったからだ。あのころは、教室での評価が日常のほぼすべてだった。

「ま、しょうがないわ。私だって高校ではタケコみたいに、漫画について話せる友達なんかいなかったわよ」

「そうなの？」

「うん、頑張って恋バナしてた」

「ええっ、初恋の人はテオだったのに？」

『時の旅人』の主人公であるテオは、金髪碧眼《へきがん》の美少年だ。芳美はテオと夢の中で会うために、いつも枕の下に単行本を敷いて寝ていた。想いの強さゆえか、何度か夢に出てきてくれたことがあるそうだ。

「馬鹿ね、今も私の心の恋人はテオよ。彼はきっと、美しすぎるから死ねないのよ」

芳美が胸の前で腕を交差させて、己をギュッと抱きしめる。

「でもさ」と、可南子はつられて身を乗り出した。

「その解釈だと、容姿をひどく傷つければ死ねるってことにならない？」

「そうかもしれないけど、致命傷すら跡形もなく治っちゃうのよ。彼の美は決して損なわれないの。そこがまた悩ましいところなの」

なんとも不思議な感覚にとらわれる。芳美のこの返答を、まるで前もって知っていたかのようなーー。

「もしかしてこの会話、中学時代にもした？」

「うん、したかもしれない」

だとしたら、なんとまぁ進歩のない。

二人で顔を見合わせて、どちらからともなく笑いだす。相手の笑い声に触発されて、どんどん可笑《おか》しさが込み上げてきた。

お腹を抱えて笑い転げていたら、またもやデジャヴに襲われる。十四、五歳の自分たちは、毎日こんな感じだった。

「あーあ、馬鹿馬鹿しい」

「久し振りよ。こんなふうに、漫画の話で盛り上がるのって」

ソファに倒れ込んでしまった可南子の傍《そば》に、芳美も両肘をついて顎を載せる。くりっとした目が、期待に満ちて輝いている。

「続編、本当に楽しみね」

「そうね。まさかまた、テオを描いてくれるなんてね」

斎藤ひかり先生は、すでに七十近いはずだ。今も現役の漫画家として活躍していることは知っていたが、まさか完結したと思われていた若き日の出世作の続きを手がけてくれるとは。

「タケコは、これまでの話もろくに読んでないけどね」

「うっ。ちゃんと買って、読みます」

何十年ぶりかで一巻を読み返してみたら、忘れていたシーンもあり、非常に続きが気になる。

『時の旅人』なら人気作だから、紙の本でも絶版になってはいないはずだ。

「あら、じゃあもう一泊すればいいじゃない」

可南子の鼻先で、芳美が手を打ち鳴らした。

「うちで読んでいけばいいわ。お正月休みって、いつまで？」

「一応、明日までだけど」

「なら問題ないわね」

勝手にそう決めつけて、晴れやかな笑顔を近づけてくる。そのまま可南子の手を取って、芳美は早口にまくし立てた。

「『時の旅人』だけじゃないのよ。タケコには、読ませたい漫画がもっとたくさんあるんだから。だって八〇年代以降はもう、全然読んでないんでしょう?」

たしかにそうなる。可南子が熱心に読んでいたのは、七〇年代の作品ばかりだ。

芳美の本棚を、おそるおそる見上げてみる。天井の際まで少女漫画がびっしりと並んでいる様は、壮観のひと言だ。

読んだ覚えがある作品は、ほんのひと握り。どれだけの日数を費やせばこのコレクションを読破できるのか、見当もつかない。

「あ、もちろんタケコに予定がなければの話ね」

ふと我に返り、芳美が気まずそうに顎を引く。ようやく可南子との、熱量差に気づいたらしい。

予定なんて、べつになかった。恋人も長らくいないから、クリスマスや年越しも一人だった。元日だけは前橋の母に顔を見せに行ったけど、どうせ厭味《いやみ》を言われるだけなので毎年日帰りだ。いつだって、可南子は休日を持て余している。本当は明日も出社したいくらいなのに、働き方改革で不要不急な休日出勤は奨励されない。ワーカホリックには、生きづらい世の中だ。

「よっさんは、いいの?」

「いいもなにも。私はどうせ、気ままな一人暮らしだもの」

庭つきの広い一戸建てに、芳美は一人。子供たちはとっくに独立し、夫にも四年前に先立たれたと聞いている。

きっと、よっさんも寂しいんだろうね。

「老後をちゃんと考えなさいよ」

元日に聞かされたばかりの老母の小言が、耳の奥によみがえる。

「子供も孫もいないんじゃ、将来みじめなことになるんだから！」

二十五歳を過ぎたあたりから今に至るまで、口やかましく言われてきたことだ。彼女は独身を貫き通そうとする娘を、「心配」の二文字で雁字搦《がんじがら》めにしようとする。

順番どおりにいけば自分が先に旅立つのだから、母親が娘の孤独な老後を気にかけるのは分からなくもない。だけど今どき子や孫が、近くに住んでくれるとはかぎらないのだ。

息子夫婦が同居してくれ、孫たちに囲まれて過ごしてきた老母は、そのあたりの想像力に欠けている。現に芳美の長女は名古屋、長男は神奈川で、それぞれ家庭を築いているという。

それにしたって、お正月なのに。

どちらの家族も、帰省はしなかったようだ。サービス業の長男にはそもそも正月休みというものがなく、長女は毎年夫の実家で過ごすらしい。芳美はこの広すぎる家で、たった一人で年越しをしたのだ。

互いに寂しい者同士。だったらあと一泊くらいは、遠慮することもない。

「じゃあ、お言葉に甘えて」

「やった。そうと決まれば、ホテルに荷物を取りに行かなきゃね」

こんなことになるとは思っていなかったから、キャリーバッグはホテルの部屋に置きっぱなしだ。チェックアウトの時間も迫っている。

芳美が弾むように立ち上がると、寝癖のついた髪も同時にぴょこんと跳ねた。

「ほら、早く着替えて。車で送ってあげる」

「バッテリー上がってるんじゃなかった？」

「そうだった。タクシー呼ばなきゃ」

さっきまでのだらけっぷりが嘘のように、二人であっちへこっちへと走り回る。可南子は寝ていた部屋に戻って手早く着替えを済ませ、コートを羽織りながら玄関へと向かった。

顔も洗ってないけど、まぁいいか。

靴箱の横の姿見を覗き込み、髪だけ軽く撫《な》でつける。昨夜の酔いが残っているわけでもあるまいに、頬がほてったように赤かった。

3

そういえば、芳美の実家の部屋も和室だったっけ。

それをダサいと嫌がって、芳美は床に安物のカーペットを敷き詰め、ぼろぼろと剝がれ落ちてくる砂壁には小花柄の布を貼っていた。

ベッドを置き、箪笥《たんす》は薔薇柄のシールで飾り、なるべく好みの部屋に近づけようとしていたけれど、冬は寒さに負けてローテーブルがコタツになった。

コタツ布団に二人で潜り込み、たいていは漫画を読んでいるか、そうでなければ漫画について熱く語り合っていた。ラジオからはピンク・レディーが流れ、テーブルには食べ散らかしたポテトチップスとポッキー。飲みかけのオレンジジュースが、グラスの中でぬるくなっている。

芳美と喋っていると、ふいにあの部屋のにおいを思い出した。

「ちょっとやだ『時の旅人』のラスト、テオが死んだかどうかよく分からない感じで終わってるじゃない！」

「そうなのよ。やっと分かってくれた？　ファンの間ではテオはまだ生きてる派と、安らかに眠った派が長らく論争を続けてきたの」

「でも続編があるってことは、生きてたってことでしょ」

「まだ分からないわ。発表されたのは、ひかり先生が続編を執筆中ってことだけ。主人公を変えてくるかもしれないし、時代背景もいつになるやら」

「ってことはよっさんは、安らかに眠った派？」

「ううん、生きてる派」

「なによそれ、紛らわしい」

「ぬか喜びにならないように、慎重になっているの」

少女時代と、ほとんど変わらない会話。部屋のちぐはぐな雰囲気も、なんだか似ている。スピーカーから流れる音楽はクラシック、グラスの中身は赤ワインという違いはあれど、つまみ代わりにポテチとポッキーを買ってきたのは意図したことだ。

「続編って、いつ出るの？」

「それもざっくり、初夏とだけ」

「やきもきさせるわね」

「しょうがないわよ。ひかり先生は慢性的な腱鞘炎《けんしょうえん》だし、目も弱ってきてるんだから」

「詳しいのね」

「近刊のおまけ漫画まで、しっかり読んでいるからね」

芳美はなぜか、誇らしげだ。近ごろ右手首の可動域が狭まったことを自覚している可南子は、ひかり先生に同情した。先生よりは若いし漫画も描いていないけど、パンツやスカートにシャツをたくし込むときの手の角度が痛い。職場の若いアシスタントにそう言うと、不思議そうな顔をされてしまった。

「でもタケコは続編云々《うんぬん》の前に、まずはこれね。まだ宵の口だから、充分読めるでしょ」

そう言いながら芳美は『時の旅人』を本棚に戻し、代わりに数冊の漫画を抱えて戻ってきた。萩尾望都先生の『ポーの一族』と、その続編だ。

こちらは四十年ぶりの続編を書き下ろしたことがＮＨＫのニュースになっていたから、漫画に疎くなった可南子でも知っていた。その盛り上がりを受けて、ひかり先生の『時の旅人』にも続編を望む声が高まったそうである。

「細部を忘れているかもしれないから、旧作も読み返しなさいね」

「ちょっと待ってよ。私だってもう、目が弱ってきてるんだけど」

「大丈夫、私もよ。はい、アントシアニン」

可南子のささやかな抵抗に、芳美はにこにこと笑いながら、眼精疲労用のサプリメントを手渡してきたものである。

あのサプリ、本当に効き目があるのかしら。

瞼《まぶた》がやけに重いのはドライアイのせいか、たんなる寝不足か。目薬を買ってくればよかったと後悔しながら、可南子はうつむいて目頭を揉《も》む。

「チーフ、お疲れですか」

アシスタントのミユちゃんが、手元にコーヒーを置いてくれた。砂糖、ミルクはなし。この子は可南子の好みをよく知っている。

「ありがとう。お正月休み、飲みすぎたのかもね」

同窓会だけでなく、芳美の家でもよく飲んだ。昔は未成年だったから分からなかったけど、芳美は顔に似合わずワインを水のように飲む女だった。

なにが「私の血はワインでできているのかも」、よ。

思い出すと、口元が弛《ゆる》んでしまう。ミユちゃんに、「楽しかったんですね」とにっこりされた。

そう、楽しかったのだ。あんなに笑った休日はいつぶりだろうと振り返っても、すぐには思い出せなかった。

「はい、もう気を引き締めた。張りきって仕事仕事！」

コーヒーをひと口飲んでから、可南子は軽く腕まくりをする。新年第一回目の、プレスミーティングである。

小さなブランドだから、プレススタッフは可南子の他に四十代の前川《まえかわ》さんと、アシスタントのミユちゃんだけだ。可南子はミーティングスペースのテーブルにラップトップを置き、あとの二人はタブレットを構えている。

「まずは、本日の案件から。『素敵百貨』さんのご来社は、十四時のままでいいの？」

尋ねると、ミユちゃんがスタイラスペンを右手に頷く。

「はい。プレスルームの用意できてます」

「了解、後でチェックする。あそこはいつも返却が遅いから、さりげなく釘《くぎ》を刺しといて」

「分かりました」

『素敵百貨』は、シニア女性向けのファッション雑誌である。

撮影用衣装の貸し出しには、誰にいつなにを貸したかという細かな管理能力が必要とされる。スタイリストによってはルーズな人もいるので、注意が必要だった。

表向きは華やかに見える職業でも、日々の地味で地道な作業の積み重ねによって成り立っている。アパレルブランドのプレスもご多分に洩《も》れず。細やかなスケジュール管理にＳＮＳのアカウント運営、数値分析。販促物の作成があればスタイリストやカメラマンと打ち合わせ、用紙選びに色校正。とにかくＰＲに関するありとあらゆることが守備範囲となる。

外部とのやり取りも多いため、スタッフの間でこまめに情報共有をしておかないと誰がなにをしているのか、すぐに分からなくなってしまう。休みのうちに届いたメール一本で、進捗が変わることだって珍しくはなかった。

テンポよく、ミーティングを進めてゆく。部下は二人とも優秀だから、質問には簡潔な答えが返ってくる。

直近の案件について確認が終わると、タブレットに指示を書き込んでいた前川さんが「それから」と切り出した。

「チーフに、Ｗｅｂの取材依頼が入っています」

「前から言っているけど、取材関係はもう、前川さんが出るようにして」

「ぜひチーフにと、ご指名なので」

詳しく話を聞いてみるとブランドのＰＲではなく、アパレル業界で働く女性のライフスタイルに関する取材らしい。こういったものは、華やかな部類のお仕事だ。可南子のパッツンなグレイヘアと色鮮やかな服装は、男受けは悪くとも取材受けは抜群にいい。

「日程は？」

「できれば来月頭くらいと」

「メールを転送して。私から返事しとく」

前川さんから、すぐさま社内メールが届いた。この対応の速さはノーストレスだ。

新年早々、調子がよかった。脳内がフルに稼働している実感があり、数々の案件がぴたりぴたりと収まるべきところに収まってゆく。

やっぱり効率よく働くには、休むことも必要なのね。

休み明けには毎回そう思っているくせに、忙しくしているうちに忘れてしまう。懲りないものである。

「あとは、展示会の諸々《もろもろ》ね」

「はい。とにかく製作物が多いので、リスト化して共有します」

この会社では年に二度、自社ブランドが一堂に会する展示会を開いている。アパレル業界の発注は半年前倒しが基本で、六月に秋冬物、十月に春夏物をお披露目するのだ。

まだ時間があると油断しているとあっという間に差し迫ってくるから、スケジュールを睨《にら》みながらできることから進めていかねばならない。

可南子は展示会に向けて作成するべきものを、指折り数え上げてゆく。

「案内状にポスター、パネル、チラシとパンフレットとノベルティ。受注用のオーダーシートも『immer』らしさを出したいわ」

「昨年は、バガスパルプ配合の用紙でした」

「ああ、そうだった」

バガスというのは、さとうきびの搾りかすのことだ。シニア女性をターゲットとする『immer』のコンセプトは「心地よさ」や「ありのまま」、数年前からは「サステナブル」も加わった。製作物もできるかぎり、環境に配慮したものでありたい。

「いっそのことポスターも、紙に出力しなくてもいいのかもしれない」

「デジタルサイネージという手もありますね」

ミユちゃんがタブレットを操り、立て看板形式の薄型ディスプレイを表示する。その画像と商品ＵＲＬが、すぐさま手元に送られてきた。

「一台十二万か。案外安いのね」

「でも一台じゃ困りますよ。ポスター代わりにするなら会場だけでも五台はいります」

「当日私が、ディスプレイを引きずって走り回ってもいいんだけどね」

これはあくまで、場を和ませるための冗談だった。しかし前川さんとミユちゃんは、反応に困ったように目と目を見交わした。

　まさか、本気と思われたのかしら。

　そんなはずないじゃない。と笑い飛ばそうとしたら、その前にミユちゃんが遠慮がちに口を開いた。

「あの、展示会は六月なので――」

　わざわざ指摘されなくても、そんなことは分かっている。ミユちゃんが入社するよりずっと前から、準備に携わってきたのだから。

　ん？　でも、六月？

「あ、そっか！」

　恥ずかしさのあまり、顔が熱くなる。

　なんという勘違い。六月にはもう、自分はここにいないじゃないか。展示会の準備に関われるのは、誕生月の四月が最後だった。

「やだ、ごめん。ボケてた。そうね、そうよね」

　顔を煽《あお》ぎ、誤りを声高に認めることで羞恥心を紛らわす。

　なぜうっかり忘れていたのだろう。取材依頼をなるべく前川さんに回していたのも、自分が間もなく去る人間だからじゃないか。

　それなら展示会の打ち合わせも、可南子が中心になって進めるのはまずい。いつもの癖で、つい出しゃばってしまった。

「展示会は、前川さんが取り仕切って。私はアドバイス程度にしか口を出さないようにするわ」

　前川さんが畏《かしこ》まって、「はい」と頷く。

まっすぐな眼差しが「私ははじめからそのつもりでしたけど」と言っているように思え、可南子はぎこちなく微笑んだ。

4

ああ家に、帰りたくない。

しんと冷えた大通りを、ふらりふらりと歩いてゆく。顔に当たる風が、酔い覚ましにちょうどいい。

表参道《おもてさんどう》界隈は、昼と夜の人出がまるで違う街だ。クリスマスのイルミネーションも取り外されて、大通りは広さを持て余しているように見える。

取引先との打ち合わせ、という名目の食事会を終えて、帰るところだ。恵比寿《えびす》の自宅マンションまでは、タクシーをつかまえればあっという間。でも誰もいない部屋に帰ると、心の中がからっぽになってしまいそうだった。

手放すって、しんどい。

それが世の理《ことわり》だと、分かってはいるのだけど。

限られたポストは若い人に譲ってこそ、社会が活性化してゆく。可南子だって若いころは、己の地位にしがみつくおじさんたちを冷ややかに眺めていたものだ。いざこうして自分に順番が回ってくると、まだやれる、馬鹿にするなと踏ん張りたくなる。

だけど『immer』で築き上げてきたものは、すべて後生に譲らねば。結果が出るのに時間がかかる案件から、順番に手を引いて。取引先の担当をすべて前川さんとミユちゃんに割り振れば、今日のような食事会だってなくなってしまうだろう。

そんなふうに社会から、徐々にフェードアウトしてゆく。ふと気づけばコンビニ店員としか言葉を交わしていないなんていう一日が、珍しくもなくなってくるのだ。

そうして人は、孤独に死ぬのね。

たとえばマンションの部屋で急死しても、今なら社内の誰かが心配して管理会社に連絡を取ってくれるはず。誰にも気づかれずに死後数ヶ月、近所からの苦情で見つかるケースは、生物としての死の前に、社会的な死を迎えているのだ。

退職後は、そうならない自信がないわ。

長く住んでいるのに、マンションの隣近所とはすれ違いざまに会釈をするくらいで、顔もまともに覚えていない。ファミリー向けの物件ではないから転居者が多く、そんなものと思っていた。

かといって、今さらご近所づき合いが密な地域に引っ越すのも――。

はっきり言って、煩わしい。新たな環境で新たな人間関係を構築してゆくには、そうとうなエネルギーが必要だ。まして越した先に気の合う人がいればいいが、トラブルに発展しそうな隣人とは絡みたくもない。

やだもう、このままじゃ孤独死まっしぐらじゃない。

見上げた空に、星はない。街の明かりを反射して真っ暗にもなりきれず、鈍重な雲がゆっくりと流れている。

私って、いくつまで生きるんだろう。

もう一つの不安が、胸にぷかりと浮かんできた。

孤独に死ぬのは、もちろん怖い。でもいつまでと期限を切られぬままに、一人で生きてゆくのも恐ろしい。

贅沢さえしなければ、八十半ばくらいまでは貯金と年金で暮らしてゆける。でも九十歳、百歳と予想外に長生きしてしまうと、蓄えはもたないかもしれない。

九十歳までとすれば、あと三十年。百歳は、あと四十年。

余生と呼ぶには、あまりに長い。若いころに無茶をしたわりに、年に一度の人間ドックで異状が見つかったこともない。もしかすると本当に、それだけの月日を一人でやり過ごさねばならないかもしれなかった。

定年退職まで、あともう四ヶ月もない。現実をあらためてつきつけられ、普段は見て見ぬふりをしている不安が鼻先にまで迫ってくる。

「たしかにこの先は、みじめなことになるんだろうな」

我知らず、独り言が洩れていた。母親から、うんざりするほど聞かされてきた呪いの言葉だ。子供や孫がいたって、孤独に死ぬときは死ぬ。そう言って反発してきたけれど、これほど自分の未来を的確に言い表している言葉はないのかもしれない。

「さむっ！」

正面から吹きつける風に、身を縮めてコートの前をかき合わせる。酔いが覚めたのか、寒さが身に染みてきた。下腹にほんのりと、尿意すら感じはじめている。

どこに向かえばいいのか分からなくて、可南子はぴたりと歩みを止めた。

体の芯から、震えがくる。自分自身を抱きしめて、心細く視線を彷徨わせた。

見渡すかぎり、お洒落なビルやブランドのショップが並ぶ通りだ。しかし営業時間を終えたそれらは、なぜかがらんどうに見えた。

縋《すが》るように、顔を上げる。暮れきらない空から、ふいに芳美の声が降ってきた。

「だったらここで、一緒に住まない？」

ひどく酔っていたけれど、記憶はたしかだ。あれは、芳美の家で二泊した夜の出来事だった。

往年の少女漫画とワインをしこたま摂取し、軽い酩酊《めいてい》状態になっていた可南子は、ついぽろりと定年退職後の過ごしかたが分からないと零《こぼ》してしまった。

口にしてすぐ、久し振りの再会にしては重すぎる話題だったと反省した。あまり深刻に受け取られないよう、肩をすくめてこうつけ足したものである。

「でもこれだけ漫画のコレクションがあれば、困らないよね。週一くらいで、ここに通ってこようかな」

あくまでも、他愛のない冗談だった。恵比寿の自宅から、電車を乗り継いで片道二時間半以上はかかる距離だ。

芳美もきっと笑いながら、「いつでもおいで」と社交辞令を返すはず。そう思っていた。

「あら。だったらここで、一緒に住まない？」

けれども芳美は、真顔だった。「そうね、いいかも」と、自分の思いつきに何度も頷いた。

「老後に備えて、お金はできるだけ残しとかなきゃでしょ。うちなら家賃はタダよ、タダ。部屋ならいくらでも余ってるわ。それに、漫画は読み放題。共有スペース以外に立ち入らないようにすれば、プライバシーも守れると思うの」

凄まじい熱量だった。早口にまくしたてられて、圧倒されるばかりだった。

定年退職後に、芳美と暮らす？　そんなことは、考えてみたこともない。

それって、うまくいくの？

中学時代は毎日のようにつるんでいて、苦痛に感じたこともなかった。たまには喧嘩《けんか》もしたけれど、仲違《なかたが》いしているうちにだんだん寂しくなってきて、自然と歩み寄っていったものだ。

でもあれから、四十五年。二人の少女は別々の人生を歩み、いっぱしの大人になった。それぞれに培ってきた生活のリズムがあり、価値観だって違うだろう。

若者同士のルームシェアとは、比べものにならない。なにせ互いに仕事に出ることもなく、ずっと家にいるのだから。干渉する時間が長くなるほど、相手の存在が疎ましくなりはしまいか。

嫌な想像ばかりが働いて、とっさになにも返せなかった。

可南子の困惑を、芳美は敏感に感じ取ったらしい。己の暴走に気づき、「やだ」と恥ずかしげに肩をすくめた。

「ごめん、またやっちゃった。タケコは、東京を離れるつもりなんてないよね」

そう問われても、可南子は頷くことすらできなかった。

東京には、もはやどこよりも長く暮らしている。この先都心を離れることはあっても、都内から出ることはないだろう。漠然と、そう思ってきたけれど——。

「つい昔に戻った気分ではしゃいじゃった。だってまさか、この歳になってタケコとＳＮＳで繋がるとは思わないじゃない。本当に、会うのを楽しみにしてたの」

うふふふと、照れたように彼女は笑った。泣き笑いにも似た表情だった。


違うよ、よっさん。そうじゃないんだよ。

と、あのとき伝えておけばよかった。


二人がＳＮＳで繋がったのは、たんなる偶然なんかじゃない。可南子がわざわざ、芳美を探り当てたのだ。

定年を意識するようになってからというもの、眠れない夜にはよく、ＳＮＳで昔の友人を探していた。連絡が途絶えて久しい彼女らが今、なにをしているのか気になってしょうがなかった。

実名での登録が原則となっているＳＮＳで、大学、高校、中学と、何人かの友人のアカウントを見つけた。そして、見なければよかったと後悔した。

たとえば孫が生まれたばかりだったり、フラダンスの発表会に向けて猛特訓の最中だったり、ホテルのレストランで結婚記念日を祝い合っていたり、お洒落なカフェでランチ会をしていたり、誰もが可南子が抱える悩みとは、無縁の人生を歩んでいるようだった。

もちろんそれは日常の一部を切り取っただけで、彼女らにもそこには書けない苦悩があるに違いない。だが少なくとも、なにも書き込むことがなくて六年前から更新が止まっている可南子よりは、ましに思えた。

一方で芳美のアカウントは、なかなか見つからなかった。別のクラスメイトのアカウントを探し出し、その友達リストの中に『O.Yoshimi』とあるのがそれらしいと気づくまで、しばらくかかった。結婚後の苗字が大友になっているなんて、知らなかったから。

やっと見つけて覗いてみると、芳美の投稿は地味だった。『今年も庭の夾竹桃《きょうちくとう》が咲きました』とか『軒下にアシナガバチの巣ができていました』とか、内容もさることながら、ほとんど更新されていない。プロフィールの画像すら設定されておらず、全体的に無気力だった。

それを見て可南子は、安心したのだ。芳美はすでに、人生の晩年に片足を突っ込んでいるように感じた。

彼女となら、少し話がしてみたい。だから偶然見つけたふりを装って、メッセージを送りつけた。

まさか少女漫画への情熱が、いまだに燃え盛ってるとは思わなかったけど。

芳美といた二日間は、けっきょく漫画の話ばかりしていた。この先の人生に虚《むな》しさを覚える暇もなく、ひょっこりと顔を出してきた十四、五歳の自分が、大口を開けて笑っていた。

あれは人からどう見られるかなんて考えもせず、ただ好きなものを好きでいられた、最後の時代だ。すぐ傍に同じものが好きな芳美がいたから、自分たちが教室の隅っこにいることにも気づかなかった。産毛の光る頬っぺたは、高揚感に赤く染まっていた。

素っ裸のケヤキ並木が枝を伸ばし、毛細血管のごとく不気味に空を覆っている。車道を走っているのは、空車の赤ランプを点《つ》けたタクシーばかり。昔なら仕事初めの夜なんて空車の取り合いだったのに、今では新年会という概念すら死にかけている。

時代も街も、ずいぶん変わった。もはや惰性のようにいつまでも、東京にしがみついていなくてもいいのかもしれない。

肩に掛けたバッグをまさぐり、スマホを取り出してみる。

二十三時十七分。電話をかけるには非常識な時間だけど、彼女は宵っ張りだ。「いつまでも朝が弱くて、困ったものよ」と笑っていた。

コール五つで出なかったら、諦めよう。そう決めて、かけてみる。

「はい、タケコ？」

すんなりと、三つで繋がってしまった。

「どうしたの。なにか忘れ物でもあった？」

忘れ物は、あるのかもしれない。あのヴィクトリアンスタイルの部屋に、気持ちを置いてきてしまった。

「ねぇ、よっさん」

呼びかけると、「ん？」と返ってくる。

四十五年も疎遠だった可南子を、訝《いぶか》りもせず受け入れてくれた芳美。うまくいくかどうかなんて分からないけど、少なくともあの部屋は居心地がよかった。

「あのさ、私、定年を迎えたらさ」

そこでいったん言葉を切る。可南子はまだ慎重だった。その先は、わざと曖昧に尋ねた。

「よっさんち、行ってもいい？」

同居の提案を受け入れたとも、ただ遊びに行くだけとも取れる、絶妙なニュアンスだ。迷いが拭いきれなくて、解釈を芳美に任せてしまった。

「もちろんよ！」

すぐさま、華やいだ声が返ってくる。その抑揚からは、喜びが伝わってきた。

「部屋なら本当に、いくらでもあるから。荷物が多ければ、二部屋でも三部屋でも使っちゃって。どうしよう、すごく楽しみ」

唐突にメッセージを送りつけたときと同じように、芳美は少しも迷わずに可南子を歓迎した。往生際悪く逃げ道を用意していたのが、馬鹿らしくなるくらいだった。

「定年って、誕生日あたりだっけ。四月二十一日までには、準備しとくわ！」

四月二十一日は、可南子の誕生日。そんなことを、よく覚えていたものだ。

でも、私も覚えてる。よっさんは、八月十二日だよね。

夏休み中だから、学校の友達に祝ってもらったためしがない。そう零していたからその日は忘れずに、芳美の家に遊びに行った。プレゼントは漫画雑誌の付録の下敷きといったささやかなものだったけど、芳美はお返しにと言って、人気キャラクターの似顔絵を描いてくれたものだ。

うそ寒い表参道の光景が、ぼんやりと滲《にじ》んで見える。洟《はな》を啜《すす》ってしまったのは、風が冷たいから。そういうことにして、可南子は声を弾ませた。

「部屋は、一つあれば充分よ」

第2章 春

1

柔らかに差し込む朝の光が、穏やかな覚醒を促してくる。全身がふわりと浮き上がる感覚があり、ほどよいところで目を開けた。

古い木目の天井が、やけに高い。

そうだ、もうベッドじゃないんだった。

違和感の理由を悟り、可南子は枕元のスマホを引き寄せる。まだ六時を過ぎたばかり。いつもならあと三、四十分は寝ていられると、二度寝をしてしまうだろうけど――。

体からも頭からも、眠気はすっかり去っていた。

スマホを放り出し、客用布団から身を起こしてうんと伸びをする。こんなにも気持ちのいい目覚めは久し振りだ。

やっぱり、障子がいいのかしら。

古い家の和室とあって、窓の内側には障子が嵌《は》め込まれている。白い和紙を通した光はまろやかで、明るくはあるのに眩《まぶ》しさを感じない。

そういえば東京の部屋では、スマホのアラーム以外に朝の訪れを知らせるものがなにもなかった。

　寝室にはもともと日が差さず、しかも窓には遮光カーテン。小鳥が鳴き交わす声もせず、一人暮らしでは他に生活音を立てる者もいない。

　健康的だわ。

　可南子は窓辺に寄り、障子を開けた。ゴールデンウィークを過ぎた五月の空は、からりと晴れ上がっている。二階にあるこの部屋の窓は南の庭に面しており、さらにその向こうは畑地だ。そのお蔭《かげ》で、ずいぶん遠くまで見通せる。

　すごい、見事になにもない。

　可南子が中学まで住んでいた家は、駅近くの住宅密集地にあった。だからこの見晴らしのよさは、新鮮だ。畑地にぐるりと囲まれて、ご近所トラブルとも無縁そうだった。

　よっさんは、こんなところに一人で暮らしていたのね。

　そりゃあ、寂しくもなるはずだ。

　体をくるりと反転させて、可南子は段ボールだらけの室内を見回す。芳美が用意してくれていたのは、以前も泊まったことのある八畳間。彼女の寂しさにつけ込んで、本当に来てしまった。

　一緒に住むと決めたのが、一月の上旬のこと。それから少しずつ、準備は進めてきた。まずはウォークインクローゼットに詰め込まれていた服や靴を、整理するところから。

　もはやヴィトンもクロエもルブタンも、惜しいとは思わなかった。可南子のこれからの人生に必要な気がしなかったし、それよりネットフリマでそこそこいい値で売れたのが嬉しかった。

　いらない物はすべて、人に譲るか捨てるかした。

前の会社でもらった社内表彰の記念品も、転職してから作ったノベルティグッズの余りも、妙にかさばっていた若いころのアルバムも。昔の彼にもらったネックレスが出てきたときは、まだあったのかと驚いた。

　東京に出てきてからの人生が、総括されてゆくみたいだった。手放すたび、可南子はどんどん身軽になっていった。

　持ってきた物よりも、手放した物のほうがずっと多いくらいだ。こうして見慣れぬ部屋に来てしまうと、むしろ心許《こころもと》ない。

　本当にこれでよかったの？　と、胸の内に問いかける声が聞こえる。

　さぁ、どうだろう。これから少しずつ、知っていけばいいことだ。

　ひとまず今日は、注文しておいた布団と収納ケースが届くはず。本格的な荷解《にほど》きは、それらが届いてからにするとして。

　借りていた布団を畳んで脇に寄せ、可南子は積み上げられた段ボールの、側面の文字に目を走らせる。中身がなにか分かるように、マジックで書いておいたものだ。

「あ、あった」

　ここに持ってきたのは、本当に気に入っているものを少しだけ。

　可南子は目当ての箱を開け、中身を次々に出してゆく。エアークッションでぐるぐる巻きにしておいたから、幸いにも割れていない。これだと手に取ったのは、陶器のコーヒードリッパーとポットのセットだった。

やかんの湯を、ゆっくりと回しかけてゆく。

あらかじめ小量の湯で蒸らしておいた粉がふわりと膨らみ、コーヒーアロマが鼻腔《びくう》に広がる。この膨らむ感じが、カルメラ焼きみたいだといつも思う。

歳がばれるわと、可南子は一人で笑いを噛み殺した。昔はお祭りに必ず屋台が出ていたものだけど、今の子はカルメラ焼きなど知らないだろう。

可南子は先月、六十歳になった。つまりは還暦。昔なら赤いちゃんちゃんこを着て祝われる年齢である。

そういえば、父方のお祖母ちゃんも着せられていたっけ。

あのころの祖母と、同じ歳になったのか。頭では分かっていても、釈然としない。当時の六十歳は今よりずっと老けていて、祖母はいかにも年寄りだった。

そう考えると日本人の健康寿命って、本当に延びているのね。

見た目が若いということは、肉体も若いということだ。定年退職後の生きかたに、悩まされるのも道理だった。

充分な量の湯を注ぎ、コーヒーがドリップされるのを待つ。

重ねると白い灯台のような形になるドリッパーとポットのセットは、可南子の気に入りだった。白い陶器はコーヒーの色素が沈着しやすくて、こまめなケアが必要となる。そこがよかった。いつ出張が入るか分からない一人暮らしではペットなどとても飼えないし、植物もすぐに枯らしてしまう。それでも人は、適度に手のかかるものを傍に置きたがるものだ。このコーヒーセットは可南子にとって、ちょうどいい手間だった。

引っ越しの荷物に入れる前に漂白剤で綺麗にしておいたから、コーヒーセットは新品のようにつるりと白い。人生の再出発の朝には、この白さが相応《ふさわ》しく思えた。

朝食は、ナッツとドライフルーツを少しだけ。ダイニングセットの椅子に座り、スマホを弄《いじ》りながら食べはじめる。宵っ張りの芳美は、まだ当分起きてこないだろう。生活ペースの違いには、なるべく干渉しないという取り決めになっている。

ルームシェアにありがちなトラブルを、避けるための知恵である。生活費や家事の分担についても、前もって話し合っていた。

芳美には心配性ねと笑われたけど、この歳になれば人間関係は些細《ささい》なことから綻びると知っている。できるかぎり長く同居を続けたいのなら、はじめのうちが肝心なのだ。

これぞ、大人同士のいい距離感。一人で過ごす時間もまた、ゆったりと楽しもうではないか。

背筋を伸ばし、少しばかり格好をつけてコーヒーを飲む。水が変わったせいなのか、いつもより味がまろやかだ。

「おはよう」

ふいに声をかけられて、息を呑《の》んだ。顔を上げてみるとダイニングキッチンの戸口に、芳美が立っている。パジャマ代わりの、コットンワンピース。少女趣味な小花柄が、彼女にはよく似合う。

「あっ、ごめん。起こしちゃった？」

可南子は慌てて立ち上がる。気をつけていたつもりだけど、物音が耳についたのかもしれない。

一日の大半をヴィクトリアンスタイルの部屋で過ごす芳美でも、寝るときだけは「地震が怖いから」と仏壇のある二階の部屋に引き上げていた。賢明な判断だと思う。本棚は作りつけでも、落ちてきた本で圧死しかねない。

　けれども階段は、仏壇のある部屋のすぐ脇にあった。古い家だから、注意深く歩いても廊下や階段はきしむ。人の気配が気になって、いつもより早く目が覚めてしまったのだろう。

　互いのペースに干渉しないというのは、案外大変なことかもしれない。先行きにわずかな不安を覚えつつ、可南子は中身が残っているコーヒーポットを持ち上げる。

「コーヒー、飲む？」

「ううん。私は紅茶派だから」

「そっか」

　嗜好《しこう》の違いも、当然ある。ポットをそのまま置くのは無駄な気がして、中身が減った自分のカップに注ぎ足した。

「べつにタケコのせいじゃないわ。自然と目が覚めちゃったの。ほら今日は、『星とみかづき』の発売日でしょう」

　言われてみれば、朝に弱いはずの芳美の顔色がいい。瞳は輝いているし、声にも張りがある。

『星とみかづき』は、創刊五十周年を超える由緒正しき月刊少女漫画雑誌である。その誌面に、いよいよ『時の旅人』の続編が掲載されるのだ。

　企画当初は読み切りの予定だったようだが、思いのほか斎藤ひかり先生の筆が乗り、全五回の連載になったらしい。そのニュースを知ったときの、芳美の喜びようといったらなかった。

「楽しみなのは分かるけど、まだ七時前よ」

「そうね。九時に開く本屋さんがあるから、車を出さなきゃ」

会話がまったく嚙み合っていない。「落ち着きなさいよ」と言って、可南子は椅子に座り直した。

「だって今日の目的は、それしかないのよ」

芳美も正面に座ろうとしたが、じっとしていられないらしく、すぐに立ち上がってしまった。あと二時間が、途方もなく長そうだ。

そういえば、シニア女性向けファッション誌『素敵百貨』の編集者が言っていたっけ。「本誌は発売日の午前中が、売り上げのピークなんです」と。時間を持て余している上に早起きな高齢者向けの商品には、そういった傾向があるのだろう。

「他にもあるわよ。私は、役所に転入届を出しに行かなきゃ」

「だったら、本屋さんに行くついでに乗せてってあげる」

この町は、電車や地下鉄が発達した都会とは違う。どこへ行くにも、車がなければ不便だ。市役所にはバスで行こうと思っていたが、バス停もそれなりに遠かった。

「でも、午前中に荷物が届くんだよね」

「ああ、それなら玄関の前に置いていってくれるわ。うちはいつもそうよ」

置き配を指定した覚えはないのだが、大丈夫なのだろうか。田舎とはいえ、のどかなものである。

「そうと決まれば、さっさと準備して行きましょ。私も着替えてくるわね」

だからまだ、早いと言っているのに。芳美は身を翻し、いそいそと廊下に出ようとしている。

「待ちなさいってば。役所の窓口って、だいたい八時半からじゃないの？」

少なくとも、前の住所があった渋谷《しぶや》区役所はそうだった。役所の営業時間なんてものは、たぶんどこも同じだろう。

さすがに気が逸《はや》りすぎだと、気づいたようだ。可南子が差し出したスマホの時刻を確認し、芳美は「あら！」と目を見開いた。

「いつも八時より前には起きないから、時間の感覚が狂っただけよ」

しつこく言い訳をしながら、芳美がアコーディオン型の門扉を開ける。広々とした庭の片隅に設置されたカーポートである。

横に三台並べておけるスペースに、停められているのは一台だけ。芳美の愛車は、赤のゴルフだった。

もっとカラーバリエーションが豊富な、ころんとしたフォルムの軽自動車が似合いそうな容姿ではあるのだが。芳美曰《いわ》く、「おばさんがそういうのに乗ってると舐められる」とのことである。

「やっぱり、車いるかなぁ」

「いるわよ。スペースはあるから、中古で買っちゃいなさいよ」

「でも私、生粋のペーパードライバーなんだよね」

大学一年生の夏休みに普通車免許を取るには取ったが、それっきり。運転する機会がなくてしばらく車に乗らなかったら、すっかり怖くなってしまった。免許証はゴールドでも、運転技術は初心者以下だ。

「じゃあ練習しなきゃ。途中まで運転する？」

「無理言わないで。事故る自信しかないんだから」

「変な自信持たないでよ」

　ともあれ今は可南子のペーパードライバー講習より、『星とみかづき』である。

　ただいま八時二十分。一時間も前に仕度を終えて、芳美はじりじりと時が満ちるのを待っていた。朝一番に役所に行って手続きを済ませ、開店直後の書店に駆け込む。その計画に、イレギュラーな要素を加えるべきでない。

「まぁいいわ、乗って」

　ハザードランプが点滅し、車のロックが解除される。可南子は大人しく、助手席側に回り込む。ドアを開け、乗り込もうとしたときだった。カーポートの前に、一台のコンパクトカーが滑り込んできた。

　車体の側面に不動産会社の名前と電話番号が書き込まれた、営業車である。助手席側の窓が開き、運転席からぼってりとした男が身を乗り出してきた。

「よぉ、竹下。本当に引っ越してきたんだな」

　中学の同級生だった、桜井だ。朝っぱらから脂ぎった顔を見せられて、可南子は「うっ」と息を詰める。

「なにも、おばさん二人で住まなくたっていいのにさ。その歳までバリバリ働いて独り身なら、金貯め込んでんだろ。俺がいい物件紹介してやるよ」

「うるさいわよ、おじさん」

歳を取ったのはお互い様。言い返すと桜井は、鷹揚《おうよう》ぶって笑った。

「まぁまぁ、ちょっとこれ見といてよ。友人価格で多少は値引きできるからさ」

にょっきりと、窓越しにパンフレットが差し出された。新築戸建ての、分譲住宅のようである。そんなもの、独り身には手に余る。

「友人？　カモの間違いなんじゃないの」

「おいおい、キツいなぁ」

パンフレットを受け取る素振りも見せず、可南子はその場で腕を組む。ここに越してくることを、誰から聞いてきたのだか。田舎はやはり、噂が回るのが早い。

「そんなに二人一緒がいいわけ？　お前ら、デキてんのかよ」

相手にするのも馬鹿らしい冗談を口にして、桜井は肩を揺らして笑っている。

こうしている間にも、時間は無駄に過ぎてゆく。たまりかねたように、芳美がついに口を開いた。

「なぁに、桜井くんも交ざりたいの？」

笑っているのに、妙に威圧感のある表情だ。

「ば、馬鹿言ってんじゃねぇよ」

少年のように狼狽《うろた》えて、桜井は唾を飛ばして否定する。女子にからかわれる男子というのは、たしかにこんな感じだったと懐かしくさえあった。

「なんだよ。せっかく引っ越し祝いを持ってきてやったのによ」

ぶつぶつと愚痴を零し、桜井は助手席に寝かせてあった一升瓶を持ち上げる。

群馬県民お馴染みの、「赤城山《あかぎさん》」。しかも大吟醸だ。

可南子は芳美と顔を見合わせる。どちらからともなく、頷き合った。

きっとこれは、パンフレットを受け取らせるためのエサなのだろう。分かっていても誘惑には勝てず、ありがたく頂戴することにした。

2

頼んでおいた荷物は本当に、玄関前に届いていた。

前のマンションでは盗難を警戒して、置き配を頼んだことはない。これは便利だと思いながら、二階の自室に運び込む。

さてこれで、引っ越しの荷解きも進むはず。押し入れに収納ケースをセットすれば、大容量のクローゼットになってくれることだろう。

だが荷物を部屋に下ろすなり、階下から芳美に呼ばれた。

「お茶が入ったわよ。タケコ、早く早く！」

「はぁい！」

返事をして、ヴィクトリアンスタイルの部屋へと急ぐ。マホガニー色のテーブルには、紅茶のカップが二つ。猫脚ソファに腰をかけ、芳美が可南子を待ち受けていた。

「さぁ、いよいよね！」

カップの横には、『星とみかづき』が二冊並べられている。どちらも表紙は、『時の旅人』のテオである。昔とは絵のタッチが変わり、繊細な描き込みが増えたテオが、印象的な青い瞳でこちらをじっと見つめていた。

書店でこの表紙を目にしたとたん、芳美は鼻息を荒くして、すぐさま胸に二冊抱き込んだ。

「一冊は、保存用なの？」

そんなふうに、読書用と分けるマニアがいると聞く。尋ねると、芳美は平然と首を振った。

「違うわよ。私と、タケコの分でしょ」

中学時代は一冊の漫画を、二人で順番に読んでいた。でもそれでは待つほうも待たれるほうも、落ち着かない。今は多少なりとも財力があるのだから、我慢する必要はあるまいと言う。

「べつに、私が待つからいいよ」

「それは駄目。読み終えてすぐに、感想を語り合いたいの」

雑誌は一冊六百円。たしかに大人が買い渋るほどの値段ではない。

しょうがない、ここは芳美の我儘《わがまま》につき合うか。

彼女がこの続編を心待ちにしていたことは、誰よりもよく知っている。せっかくの興奮に、水を差すのは気が引けた。

そんなわけで、一人一冊ずつ。

勧められるままに、可南子はソファの正面に置かれたオットマンに腰掛ける。『星とみかづき』の表紙には、『時の旅人～ブルゴーニュ編～』と、誌名よりも目立つフォントが躍っていた。

今度の舞台はフランスなのね。

と見当をつけ、雑誌を引き寄せる。巻頭カラーの五十一ページ。四十二年ぶりの描き下ろしとあって、気合いの入った分量だった。

「いくわよ。せーの！」

芳美の音頭でページを開く。

物語は暗く美しい、深閑とした森からはじまった。

テオは夜露に濡《ぬ》れた下生えの上に倒れている。金髪の巻き毛が頬にかかり、薄汚れてはいるが、そこには倒錯的な美が漂っている。

やがて村人らしき男たちが彼を見つけ、まだ息があると知ると、葡萄《ぶどう》畑に囲まれた古城へと運び込んでいった。

ここまでの間、台詞《せりふ》もモノローグも入らない。絵の説得力に引きつけられて、可南子の周りの景色はたちまちのうちに溶けていった。

「はぁ、すごい」

芳美がソファに寝そべって、うっとりと吐息を洩らす。その胸には、『星とみかづき』がしっかりと抱きしめられている。

「これが読めるなら、この歳まで生きてきた甲斐《かい》があったわ」

大袈裟《おおげさ》ね。と、芳美のことを笑えない。可南子もまた雑誌を膝に置いたまま、ぼんやりと虚空を眺めていた。

斎藤ひかり先生は若かりし日の繊細さはそのままに、卓越した技術とストーリーテリングで可南子を物語世界へと引きずり込んだ。ページを早くめくりたいような、もっとじっくり読まないともったいないような。相反する気持ちに苛《さいな》まれつつ、けっきょく先を急いでしまった。

　芳美が言うとおり、二冊買っておいて正解だった。最後まで読み終えるとまた冒頭に戻り、一コマ一コマをじっくりと鑑賞する。途中で芳美の様子を窺うと、彼女も同じく二周目に入っていた。

「ねぇ、タケコ。この冒頭、六巻の続きだと思わなかった？　私はすっかり騙《だま》されたんだけど」

　興奮冷めやらず、芳美はがばりと身を起こす。美麗のひと言に尽きるカラーページを開いて、こちらに見せてきた。

『時の旅人』の六巻は、傷だらけのテオが深い森の中で倒れ、そっと目を閉じるシーンで終わっていた。

　互いに深く愛し合える相手と出会い、その彼（この作品は少年愛の気配が濃厚である）を庇《かば》って傷ついたのだ。真実の愛を見つけたテオに、ようやく安らかな眠りが訪れたと読み取れるラストだった。

　その舞台は、一八六〇年代のウィーンの森。同じ背景のように見せかけて、今作は一九四二年のブルゴーニュの森にはじまっている。やはり死ぬこと叶《かな》わずに、テオは八十年の時を生きたことになる。

「斎藤ひかり先生って、やっぱりドSだわ」

「本当に。テオってちっとも救われない」

　そこがまた、長年ファンの心を摑《つか》み続けている要因なのだから悩ましい。

　続編の舞台は第二次世界大戦下、ドイツの占領下にあるフランスだった。テオが森に倒れていたのは、ナチスの親衛隊に追われていたからと後に分かる。友人と信じた者の密告により、不老不死の少年として喧伝《けんでん》されてしまったのだ。

その体の秘密を解き明かせば、独裁者の夢である不死の兵が作れるかもしれない。テオの軍事的価値は日増しに高まっていった。ついには懸賞金が掛けられて、一般市民にまで追われる身となった。

テオを助けたのは、ブルゴーニュの森を根城とするレジスタンスの青年たちだった。彼らはテオを、陰の協力者であるピエール・ラトランジュ伯爵の邸宅へと運び込んだ。

ピエールは不死者の噂を知っていた。金髪碧眼、年の頃十四、五歳の少年をナチスの親衛隊が血眼になって探していることも。だが噂の真偽を確かめようとはせず、そんなことには興味がないとばかりにテオの世話を焼くのだった。

広大な葡萄畑を擁するピエールの屋敷で、テオは始終ぼんやりと過ごしていた。あまりにも多くの死を見すぎていた。これまでにも様々な争いに巻き込まれてきたが、この戦争では人が死にすぎる。テオを密告した友人も、そうしなければユダヤ人である己と家族を守ることができなかった。

それなのに、自分だけがいまだ死ねない。この命に、いったいなんの意味があるのか。いい加減、気がおかしくなりそうだった。

鬱々と過ごしていたある日、テオは屋敷で一枚の古い写真を見つける。写っていたのはピエールだった。

場所は彼の書斎だろうか。机の上に、新聞が載っている。朧《おぼろ》気《げ》ながら、『レイモン・ポアンカレがフランス第十代大統領に就任』と読めた。ポアンカレは第一次世界大戦時の大統領である。あれからすでに、三十年近く経っている。ピエールは年の頃十七、八歳のうら若き伯爵だ。そのころにはまだ、生まれてもいないはず。

父親なのだろうか。いや、それにしても似すぎている。血縁者とはいえ、双子でもなければここまで瓜《うり》二つにはなるまい。

もしかしてと、テオは自らの思いつきに衝撃を受ける。ピエールが不老不死にまったく興味を示さないのは、そういう者が存在することを、すでに知っているからではないだろうか。まさに、己の身を以《もっ》て――。

彼は、長い旅の果てにようやく見つけた仲間なのかもしれない。

というところで、第一話は終わっている。続きは来月までおあずけだ。


「どう思う？　ピエールも、不老不死なのかしら」

ちょっとこっちに来なさいよと手招きされて、可南子は芳美の隣に腰を下ろす。すっかり冷めてしまった紅茶で喉を潤してから、軽く肩をすくめた。

「さぁね。でもテオに希望を抱かせておいて、最後にどん底に突き落とすのが斎藤ひかり先生のいつもの手でしょ」

「やめてぇ、これ以上テオを傷つけないで」

芳美が己を抱きしめ、身悶《みもだ》えする。そういうところが好きなくせにと、可南子は鼻で笑った。

「無理でしょ、斎藤ひかり先生だもの。それにしても、また美しい男が出てきたわね」

話題を変えてやると、芳美はすぐさま立ち直った。

「そうね。金髪碧眼っていう設定が、テオと被《かぶ》ってる気がしなくもないけど」

このシリーズには、主人公のテオと友情とも恋ともつかぬ妖しい感情で結ばれる、美しい男がつきものである。ピエールもまたご多分に洩れず、長い金髪を一つにまとめた、眉目秀麗な青年であった。

「見てよこの、眠るテオを見守るピエールを。美しすぎない？」

「いやいや、絵の美しさでいったら、なんといっても冒頭でしょ。ちょっと六巻の最後と見比べてみて。ほら、微妙に森の植生を変えてあるのよ」

「あっ、本当だ。芸が細かい！」

他にもこの描写がすごい、ここが切ないと、互いにページを繰りながら指差してゆく。「ほら、ここも」と身を乗り出したとたん、額同士がぶつかった。

「あ、痛っ！」

距離感が掴めなくなるくらい、夢中になって喋っていた。

体を引いて、額を押さえる。芳美もまたぽかんとして、ぶつかったところを撫でている。

二人で顔を見合わせて、どちらからともなく笑いだした。『時の旅人』に引きずられ、感性が十代に戻っているのかもしれない。ころころと、笑い声が軽快に転がってゆく。

目尻に浮いてきた涙を、可南子は指先で払った。

「なにこれ、いい歳して馬鹿みたい」

「違うわよ。やっと馬鹿ができる歳になったのよ、私たち」

「ああ、そうかもね」

芳美の言葉は、すんなりと腹に落ちた。

定年を迎えた可南子は仕事から解放され、家庭に入った芳美は子育てと義両親の介護を終えて、夫まで見送った。

あと五年再会が早かったら、お互い忙しくてその場だけのつき合いに終わっただろう。「いい歳」だからこそ、一緒に住もうという話が持ち上がった。

別れの数だけしがらみが減り、もの悲しい自由だけが身近にある。

こんなふうに昼間から漫画を読みふけっていたって、引っ越しの片づけを放置していたって、Tシャツにスウェットというだらしない格好で一日過ごしていたって、自由なのだ。

だからこそ、可南子は一人きりになるのが怖かった。

「さてと、ちょっと遅くなっちゃったけどお昼にしようか」

芳美が「よいしょ」と掛け声を上げ、ソファから立ち上がる。

一人なら、きっと食べるのも面倒になっている。準備や後片づけはもちろん、食べに出るのさえ億劫《おっくう》だ。一食くらい抜いてもいいやとか、菓子パンで済ませちゃおうとか、そうやって食べる楽しみすら忘れていきそうだった。

「簡単に、おそうめんでいい？」

「うん、ありがとう」

家事の分担は、料理が芳美で掃除は可南子。お互い苦にならないほうを選んだら、見事に分かれた。洗濯は各自でやるという取り決めだ。

「そうだ、いい季節だからさ、縁側で食べない？」

本の背表紙が焼けるという理由で閉め切られているが、この部屋には実は縁側がある。ダマスク模様のクロスが貼られた引き戸を開けると、掃き出し窓の向こうは目も覚めるような新緑の庭だった。

「いいわね。今のうちじゃないと、窓を開けられなくなるし」

「えっ、なんで？」

縁側の醍醐味《だいごみ》は、夏にある。スイカを食べたり、夕涼みをしたり、風鈴の音に耳を傾けながら昼寝をしたり。マンション暮らしが長かったぶん、日本家屋の情緒を満喫してみたかった。

芳美の答えは、実にシンプル。

「蚊が湧くのよ」

そう言って、うんざりしたように肩をすくめた。

3

青い香りのする風が、庭木を優しく撫でてゆく。

植物に疎い可南子には、松くらいしか見分けがつかない。あれは犬柘植《いぬつげ》、あれは榊《さかき》、あれは八《や》つ手《で》と、芳美が指差しながら名前を教えてくれた。

それらは縁側の目隠しになると共に、訪れた人を門から玄関へと誘うように配置されている。

縁側の正面には築山があり、立派な石灯籠と腰折れの松、そして存在感抜群の巨岩がそびえているのだった。

「本当は、イングリッシュガーデンが憧れだったんだけどね」

ガラスの平皿に盛られたそうめんを箸でつまみ上げながら、芳美が不満を洩らす。可南子は庭をぐるりと見回して、感想を述べた。

「完全に、和だね」

「義父の趣味よ。庭いじりが好きだったの」

介護が必要になる前は、盆栽もずいぶんあったという。とても維持できなくて、人に売ったり譲ったりしたそうだ。「薔薇ならいくらでもお世話したのに」と、芳美は鼻で息をついた。

そうめんをつゆに浸し、啜り込む。天気がよく、こうして座っているだけでもほんのりと汗ばむような陽気だ。つるりとした冷たい喉ごしが心地よい。

つゆは市販のものらしいが、葱《ねぎ》、茗荷《みょうが》、大葉、摺《す》り下ろした生姜と、薬味がふんだんに添えられている。こういったマメさは、可南子には真似のできないものだった。

「よっさんの好きなように、作り替えちゃえば？」

「それも考えたんだけどね。あの巨岩と石灯籠、合わせて十五トンくらいあるんだって。他の庭石も含めると、三十トン近く」

「甚だしいね」

「でしょう。庭をいったん更地にするだけでも、ずいぶんなお金がかかるの。それだけの手間をかけて理想の庭を造ったところで、この家の外観とは合わないしね」

家の造りも、瓦屋根の純和風。屋内をヴィクトリアンスタイルにリフォームするのとはわけが違う。いい庭というものは、建物と調和してこそである。

「だからもう諦めたわ。せめて綺麗な花の咲く木を植えてやろうって、スシさんが十年ほど前にあれを植えてくれたんだけどね」

可南子は芳美の指差すほうを目で追った。庭の隅に、やはり青々と茂った木が生えている。枝がよく伸び、ブロック塀の上にはみ出ていた。

「スシさん？」

「亡くなった夫よ」

まだ花の季節には早いらしく、光沢のある細長い葉を茂らせているだけだ。なんの木かと尋ねると、「夾竹桃」と返ってきた。

「ああ、あれが」

芳美のＳＮＳで、花が咲いているところを見た。薄桃色の花がつく木だ。『今年も庭の夾竹桃が咲きました』と、写真がアップされていた。

亡き夫が植えたものと聞いて、妙に納得してしまう。芳美は毎年、その花が咲くのを楽しみにしているのだろう。

芳美の夫は定年を目前にして、急性大動脈解離で亡くなったという。急に背中が痛みだし、救急車を呼ぶことも考えたが、しばらくすると治まったので様子を見ることにした。その判断が誤りで、手遅れになってしまったのだ。あのとき引きずってでも病院に連れて行けばよかったと、芳美は今でも悔いている。

「どんな人だったの、スシさんは」

夾竹桃の瑞々《みずみず》しい新芽が、風に吹かれて気持ちよさそうに揺れている。その様子をひと睨みしてから、芳美は答えた。

「とんでもない人よ。親の介護までさせて苦労をかけたから、定年後はのんびり旅行でもしようって言ってたくせに、さっさと死んじゃうんだから」

恨みがましい口調は、寂しさの表れ。夫の話を聞いてもらいたくなったのか、芳美は口の中のものを飲み込んでから先を続けた。

「名前は寿に司で『ひさし』なんだけど、お義父さんもお義母さんも出生届を出しちゃってから、これじゃあ『スシ』だって気づいたみたい。それで皆から、『スシ』って呼ばれてたのよ」

スシさんという呼び名に、そんな由来があったとは。できれば出生届を出す前に、気づいてあげてほしかった。

「でも本人は、すぐに名前を覚えてもらえて便利だって笑ってた。物事を、あまり深刻に受け止めない人だったわね」

「どこで出会ったの？」

「お見合い」

「あの時代に？」

「そう、あのバブルの真っ只中に。妹にすっごく馬鹿にされた！」

バブル期といえばトレンディドラマに代表されるように、とにかく恋愛至上主義だった。クリスマスといえば赤坂《あかさか》プリンス、プレゼントはティファニーのオープンハート、猫も杓子《しゃくし》も惚《ほ》れた腫れたで大忙しだ。

そんな時代に可南子は恋愛どころでなく、髪を振り乱して仕事に邁進《まいしん》していたわけである。

「しかもスシさん、公務員だったからね。当時は結婚相手として不人気だったじゃない」

言われてみれば、そうだった。景気がよくて民間がバリバリ稼いでいたから、公務員は給料が安いと嫌がられていた。

スシさんは、水道局にお勤めだったという。人柄もよさそうだから、今の婚活市場なら優良物件だったろうに。

「まさに隔世の感ってやつね」

思えば遠くへ来たもんだ。人の価値観は、景気に大きく左右される。この四十年足らずのうちに、社会は目まぐるしく変わってしまった。

バブルのころが、なにもかもよかったとは思わないけど。

少なくとも、金の回りはよかった。あのまま経済が成長を続けていれば、老後の金の心配などなかったのだろう。

将来の不安なんてものはけっきょく、お金で解決できるのよね。

と、身も蓋もないことを考える。利便性のために生み出したはずの貨幣経済に、人は否応もなく振り回されてしまう。

ガラス皿に残されていた遠慮の塊のそうめんは、芳美に勧められて可南子が平らげた。四束も茹《ゆ》でたそうだが、話をしながら啜るうちにつるつるとお腹に収まってしまった。こんなに茹でたのは久し振りだと言って、芳美が笑った。

夫と義父母と二人の子供。最も多いときは、六人家族がこの家に住んでいたのだ。そうめんなんて、大鍋で茹でても足りないくらいだったろう。

「同居のこと、お子さんたちに反対されなかった？」

尋ねると、空になった薬味皿を重ねていた芳美が「ん？」と顔を上げる。

芳美の子供たちのうち、姉のほうは夏美《なつみ》ちゃん。双子の母親でありながら、重機オペレーターとして建築現場で働いているパワフルな女性らしい。

弟の敦司《あつし》くんはホテル勤務。夜勤もあるシフト制で、残業が週四十時間を超えることも珍しくはないようだ。一児の父で子供がまだ小さいので、できるかぎり育児もしているという。

二人とも三十代で、忙しい最中だ。一人で暮らす母親のことにまで気が回らず、放ったらかしになっているようだが、見知らぬ女が実家に住みついたとなれば、さすがに心配するだろう。

だから同居にあたっては、事前に子供たちから許可を取っておいてほしいと頼んでいた。必要とあらば、顔合わせをしてもいいと思っている。二人とも遠方だが、ビデオ通話ならさほどの手間はかからない。

「平気よ」と、芳美はにっこり微笑んだ。

「むしろ老いてく母親を一人にしとくよりは、安心なんじゃないかしら。ほら、スシさんの例もあるから、突然なにがあるか分からないでしょ」

歳と共に、心臓も血管も弱くなる。思いがけぬ発作で倒れても気づいてくれる人がいるというのは、お互いにとっても心強い。

「そう思ってくれているなら、ありがたいけど」

いずれどちらかが倒れでもすれば、この同居は解消となるのだろう。体も頭も、いつまで健康でいられるか分からない。子供のいない可南子が先だった場合には、しかるべき施設に入ることになる。

あんまり先のこととは思わずに、準備だけはしとかなきゃね。

居場所を求めてやっては来たが、ここはあくまで芳美の家。終《つい》の棲家《すみか》にはなり得ない。

物悲しさを振り切れぬまま、芳美と共に空いた皿を運んでゆく。開け放したままの縁側は、かつての賑《にぎ》わいに耳を澄ませるかのように、しんと静まり返っていた。

4

なんの不具合か、エアコンが急にウォンと唸《うな》った。

近くでバサバサッと鳥が羽ばたくような音がして、顔に軽い衝撃が走る。たまらず可南子は、「ハッ！」と叫んで目を開けた。

仰向けに寝転んだ顔の上に、本が落ちてきたのだ。昼食を食べ終えたばかりで、眠気に瞼が負けてしまった。

片肘をつき、ゆっくりと身を起こす。体の動きに従って形を変えるビーズソファは、本当に人を駄目にする。自分の部屋に置くつもりで買ったのだが、もっぱらこのヴィクトリアンスタイルの部屋で使っていた。

芳美もまた猫脚のソファに寝そべり、漫画を読んでいる。起き上がるつもりはないようで、顔だけをこちらに向けてきた。

「タケコ、寝てたの？」

「うん。さすがに、体がだるい」

身動《みじろ》ぎをすると、側頭部が鈍く痛む。顔に落としてしまった本は、テーブルの上に置いた。そのタイトルを見て、芳美が目を剝《む》く。

「ちょっと、『ガラスの仮面』の二十五巻じゃないの。最高に面白い『二人の王女編』よ。なんで寝ちゃうの」

言わずと知れた、演劇漫画の金字塔。一九七六年から連載がはじまり、いまだ完結していない、美内すずえ先生の代表作である。

可南子が中学時代に読んだのは十巻か十一巻くらいまでで、あらためて続きを読むと本当に面白い。だからつい、のめり込んでしまったのだが――。

これではいけないと、可南子は叫んだ。

「眠くもなるわよ。私たちこの三日、漫画しか読んでいないのよ！」

ビーズソファの周りには、その間に読破した漫画が積み上がっている。

芳美との同居生活も、いつの間にやら四日目だ。

「荷解きなんてゆっくりでいいじゃない」という甘い言葉を真に受けて、「じゃあちょっとだけ」と漫画を手に取ってしまったのが運の尽き。一冊読むと続きが気になり、睡眠時間を削ってまで読んでしまった。

家の外には一歩も出ず、食事は芳美が作ったものを食べるだけ。他の家事をやろうとすると「読み終えてからでいいわよ」と引き留められるので、ついお言葉に甘えてしまう。トイレやお風呂のとき以外は部屋に籠りきりなのだから、そりゃあ頭も痛くなるはずである。

「ダメよダメ、こんな生活してちゃ人間が腐る！」

知らなかった。仕事がなければ自分はこんなにも、自堕落になれる生き物だったのだ。会社勤めでは心削られることも多かったけど、朝の決まった時間に出社しなければいけないというルールは、人をなんと真人間にしてくれていたことか。

可南子は大股で歩いてゆき、縁側に続く引き戸を開く。強烈な光が差し込んできて、たまらずに目をつぶった。

「ちょっと、やめてよ。眩しいじゃない」

芳美が迷惑そうに顔を背ける。外は快晴だった。

「なに言ってるのよ。よっさんもほら、立って。さすがにペースが乱れすぎだわ」

追い立てるように、手を叩く。けれども芳美はぐずぐずして、ソファから起き上がろうとしない。手にしている漫画は『乙嫁《おとよめ》語り』。十九世紀後半の中央アジアを舞台にした嫁取り物語であるという。

読んでいる途中の本で顔の下半分を隠し、芳美はじっとりとこちらを睨みつけてきた。

「べつに乱れてないわ。私はいつもこんな感じよ」

「嘘でしょう」

はじめてこの家に泊まったときも、二人で漫画ばかり読んで過ごした。でもそういった自堕落は、たまにするから楽しいのだ。日々その連続では、時間がまるで伸びきったゴムのよう。めりはりがないと、かえって疲れる。

「インドアにもほどがある。この調子じゃ、早めにボケるよ」

「でも他に、なにをするっていうの？」

不思議そうに問い返されて、可南子はうっと言葉に詰まった。

思い返せば子供のころからずっと、一日の時間割りを作っていたのは自分ではない他の誰かだ。自ら管理しているつもりでも、こなすべきタスクがまず先にあり、それに従って時間を割り振っていたにすぎない。

けれども今は、肝心のタスクがなかった。一日を円グラフにしてみると、三百六十度まるっと自由時間である。

やっと馬鹿ができる歳になったと、芳美は言った。だが自己管理もできないんじゃただの馬鹿だ。自由というのは、まったくもって始末に負えない。

「気分転換で、外に出よう。ほら、いい加減スーパーに行かなきゃ駄目じゃない？」

もちろんのこと、買い物にも行っていない。そろそろ冷蔵庫の中身が寂しくなってきたはずだ。

「だったら、車出すわ」

「違う、歩くの！」

最寄りのスーパーまでは、歩いて十五分ほど。往復すればちょうどいい運動になる。

しかし田舎の人は、とにかく歩きたがらない。徒歩三分の距離でも車を出そうとする、車依存社会だ。

芳美もまた嫌そうに、「ええっ」と顔をしかめた。

「とにかく体を動かさないと。あっという間に足腰が立たなくなるよ」

「うるさいなぁ。相手のペースに干渉しないのがルールじゃなかったの？」

うんざりしたように寝返りを打ち、中断していた漫画の続きを読みはじめる。わざと背中を見せた芳美に、可南子は「はぁっ？」と食ってかかった。

「私こそペースを乱されまくってるよ。まだ荷解きも済んでいないんだから」

「それはタケコが悪いんじゃない。荷解きを優先したければ、すればよかったのよ」

こめかみがカッと熱くなる。とっさに言い返せなかったのは、芳美の言うとおりだったからだ。相手のペースに巻き込まれたくなければ、どんなに魅力的なお誘いであっても毅然《きぜん》と断るべきである。芳美はまさに今、そうしている。

気分が乗らないんじゃ、しょうがないね。一人で行ってくるわ。

そう言って引き下がるのが、正しい対応なのも分かっていた。だが三日も無益に過ごしてしまった可南子には、芳美の身勝手さが腹立たしかった。

それ以上は、喧嘩になっていたかもしれない。しかし「あのねぇ」と口を開いたタイミングで、インターフォンが鳴った。

以前芳美が言っていたように、宅配便ならインターフォンを押さず玄関に置いてゆく。ならば来客なのだろう。

「ねぇ、お客さん」

芳美はいっこうに起き上がる気配もなく、ぐずぐずしている。そうこうするうちに、二度目の呼び出し音が鳴ってしまった。

「もう！」

諦めて、可南子が出ることにする。インターフォンの受話器はダイニングキッチンにあるから、直接玄関に向かったほうが早い。

「はぁい」と返事をしながら足早に廊下へ出て、三和土《たたき》で庭用サンダルをつっかける。だが手を触れる前に、玄関の鍵がカチリと開いた。

驚いて立ちつくす可南子の目の前で、引き戸が勢いよく開けられる。

そこに立っていたのは、小柄な女性だった。歳は三十半ばくらいか。Tシャツにジーンズという軽装で、栗色の髪は耳の高さで一つにまとめられている。

訪問者もまた可南子に驚いたようで、中に踏み込もうとした足を止めた。怪訝《けげん》そうに眉を寄せ、可南子の頭に浮かんでいたのと同じ疑問を口にする。

「誰？」

「ちょっとお母さん、電話くらい出てよ。なんで無視するの！」

訪問者は勝手知ったる様子で家に上がり込み、芳美を見つけるなり声を張り上げた。

その声質はたしかに、芳美に似ている。くりっとした二重の目も、言われてみればそっくりだ。

「なによ、夏美。どうしたの」

ソファの背に手をかけて、芳美が億劫そうに起き上がる。名古屋から駆けつけたらしい娘を前にして、さすがにだらけていられなくなったようだ。

テーブルや床に積み上げられた漫画を見て、夏美が「やだ」と鼻柱に皺《しわ》を寄せた。

「またこんな、漫画ばっかり読んで。いい加減にしなよ」

「べつに、誰にも迷惑かけてないでしょ」

「六十にもなって、恥ずかしいじゃない」

「まだなってないわよ」

親子の立場が、入れ替わってしまったみたいだ。夏美に責められて、芳美は明らかに不貞腐《ふてくさ》れている。

「迷惑なら、私にかかるの。お母さんが寝たきりになったって、どうせ敦司はなにもしないんだから。頼むからもっと体を動かして。こっちだって、お金も時間も余裕もないのよ！」

夏美の娘たちはまだ、小学校に上がったばかりだという。双子なら進学のタイミングも同じで、この先の金銭的な負担は大きいだろう。今の人は共働きで忙しくもあり、子供の教育費を考えれば仕事をセーブするのも難しい。芳美ら祖父母世代には、自活が求められている。

「なんなの、もう。だから前から言ってるじゃない。私になにかあっても、放っといてくれたらいいって」

「無責任なこと言わないで。そんなわけにいかないでしょう」

可南子は部屋の入口に所在なく佇《たたず》んで、二人の言い合いを眺めていた。

子供たちのほうが自分の仕事と家庭に忙しく、芳美を放置しているように感じていたけれど。このやり取りを聞くかぎり、芳美のほうからも距離を置いている気がする。

まだ先の、いつ必要になるか分からない介護のことで言い争っていても、埒《らち》が明かない。芳美はうんざりしたように息をつくと、話題を変えた。

「なんだっていうのよ。今日、仕事は？」

「土日が現場だったから、代わりに休み。そんなことより、電話を無視しないでってば！」

訪問の意図を、やっと思い出したようだ。夏美はその場で右足をドンと踏み鳴らした。

この家には、固定電話がない。スシさん亡き後、まったく使わないからと、解約してしまったらしい。

そして今見るかぎり、芳美のスマホはこの部屋にはなさそうだ。どこか他の部屋に置いて、そのままになっているのだろう。会社員時代の癖で可南子は手の届く範囲にスマホがないと不安だが、芳美は平然としたものだった。

「無視してないわよ。一昨日《おととい》、メッセージを送ったでしょ」

「来てたけど、説明が足りないの！」

その後の二人の会話を要約すると、こういうことだ。

数日前に夏美は地元の友人から、「実家に引っ越しのトラックが停まってたけど、どうしたの？」と連絡をもらったという。まさか芳美が家を引き払うとは思えないし、なにごとかと慌てて電話をした。

その電話に、芳美は出なかった。だから留守電を残し、メールも送った。返事がきたのは真夜中で、『友達よ』とひと言だけ。事情はまったく分からなかった。

それから何度も連絡を試みたのだが、芳美からのレスポンスはない。はたして母の言う「友達」とは、まともな人物なのだろうか。おかしな宗教や、詐欺に引っかかっていないともかぎらない。焦《じ》れに焦れて、直接聞いたほうが早いと、名古屋からすっ飛んできたというわけだ。

「それでお母さんが言ってた『友達』って、この人？」

矛先が急にこちらに向いた。鋭い目で睨まれて、可南子はなんとなく両手を胸の高さに上げる。降参のポーズである。

こうなるから、事前に許可を取っといてって言ったのに。

芳美は「平気よ」と笑ったけど、許可が取れたとは言っていない。本当のところは、なにも話していなかったのだ。

ろくに帰省もしない子供たちなら、ばれないとでも思ったのだろうか。だが田舎では、変わったことがあれば誰かが気づく。そして噂は、光の速さで広まってゆく。

「そう、竹下可南子さん。変な人じゃないわ」

だからそれじゃあ、なんの説明にもなってないってば。

可南子は芳美に恨みがましい視線を投げてから、あらためて夏美に向き直る。よれたTシャツにスウェットパンツ、朝起きたっきり顔も洗っていないけど、怪しい人間ではないと納得してもらわねば。

「はじめまして、竹下可南子です。お母さんとは中学の同級生で、当時はとても仲がよかったの。私はずっと東京で働いていたんだけど、この度定年退職をしまして――」

自己紹介をしながら手が無意識に、名刺を求めてスウェットのポケットを叩いている。そんなものは、もちろんない。名刺交換の習慣を煩わしく感じたこともあるけれど、あれはカードサイズの紙一枚で身分が保証された気になる、便利な代物だったのだ。

「もともと独り身なので、芳美さんに誘われて一緒に住むことになりました。事後報告になってしまって、本当にすみません」

それでも長年の社会人経験の賜物《たまもの》で、信頼を得やすい声のトーンや喋りかた、表情などは心得ている。できれば芳美も一緒に謝ってほしいのだが、拗《す》ねたようにそっぽを向いており、一人で深く頭を下げた。

　夏美からの、値踏みをするような視線を感じる。でも大事なことだ。友人のふりをして近づいてくる詐欺師などごまんといる。口八丁で投資を勧めたり、法外な値段の壺を売りつけたり、金を持ち逃げしたり、そんな人間ではないことを、まずは見極めてもらいたい。

「失礼ですが、お仕事というのはなにを？」

　問われて可南子は顔を上げる。少しでも印象がよくなるようにと、微笑みを浮かべた。

「『immer』というアパレルブランドの、広報をしていました」

　プレスと言うと軽薄さが若干混じる気がして、あえて硬めに言い換える。夏美は「ああ」と頷いて、目元を弛めた。

「義母が好きで着ています。素材がいいから、着心地も最高だって」

「本当ですか、嬉しい。ありがとうございます」

　すでに退職していても、関わっていたブランドの服が褒められると悪い気はしない。先ほどまでの作り笑いとは違い、可南子は満面に笑みを広げる。

　つられて夏美も小さく笑った。警戒が、多少は解けたようだった。

　ただ一人芳美だけが、不機嫌極まりない顔をしている。夏美の態度が気に食わないらしく、ゆっくりと立ち上がって文句をつけた。

「ねぇ、やめて。私が友達と言ったら、友達なのよ。職務質問みたいなことしないで」

なにも、そんな言いかたをしなくても。娘にいらぬ心配をかけた、張本人だというのに。

可南子が仲裁に入る前に、夏美が肩をそびやかした。

「あっそう。信じてもらえないのは、日頃の行いのせいじゃなく？」

「悪かったわね。どうせ私はぐずぐずして、お父さんを死なせちゃったわよ」

冷笑的な声色に、ぞくりとする。可南子は思わず、芳美の顔を確認した。うっすらと微笑みつつもその頬は、痛みを堪《こら》えるように歪んでいる。

この母娘はなぜ、これほどまでに喧嘩腰なのだろう。夏美の反応を窺うと、こちらは両手を握りしめ、小刻みに肩を震わせている。下唇をぎゅっと嚙み、瞳に盛り上がってきた涙を零すまいとしていた。

彼女はきっと子供のころから、悔しいときにはこうやって泣く子だったのだろう。そう思わせる無防備さが感じられた。

なにも言い返せなくなった娘を見て、芳美は反省したようにため息をつく。

「ごめん、タケコ。少し外してくれる？」

二人きりにして大丈夫なのかと、ほんの一瞬ためらった。だが母娘にしてみれば、自分は異分子だ。あまり出しゃばるべきではない。

「分かった。ちょうどスーパーに行こうと思ってたし。なにかいる？」

「じゃあ、豚コマ買ってきてもらっていい？」

「了解」

泣くまいとしている夏美をなるべく見ないようにして部屋を横切り、ビーズソファの傍らに放り出してあったスマホを手に取る。財布もバッグも二階だが、県道沿いのスーパーならこれ一つあれば充分だ。

　可南子は母娘の視界に入るまいとするように身を屈《かが》め、素早くヴィクトリアンスタイルの部屋を後にした。

5

　県道の遥か先に、赤城山がそびえている。

　日本酒の銘柄にもなった山は市内のどこからでも眺めることができ、可南子にとっても日本の山といえば富士山の次にこれというくらい、馴染みが深い。なだらかな稜線《りょうせん》が関東平野を抱き込んで広がっている姿には、たしかに郷愁のようなものが感じられた。

　そういえば桜井にもらったお酒、空けちゃったわ。

　分譲住宅のパンフレットは即ゴミ箱行きとなったが、日本酒は美味しくいただいた。大吟醸はフルーティーで口当たりがよく、知らぬ間に杯が進んでしまった。

　二人で飲んだとはいえ、一升瓶が三日もたないというのは、やはり浮かれていたのだろう。孤独な夜を共に過ごせる相手が見つかって、離れがたくなっていた。だからこそ、一人の時間よりも優先してしまったのだ。

　さっきは自分ばかりが芳美のペースに巻き込まれていると思って腹を立てたけど、考えてみればもうずっと、自分のペースだけで生きてきたのだ。この同居を機に、人のペースに乗ってみる楽しさを覚えてもいいのかもしれない。

この三日間、馬鹿みたいに漫画ばかり読んでたけど、楽しかったもんね。

少女時代に心酔した、竹宮恵子先生の『風と木の詩』を読み返せたのもよかった。

思い出した。中学のころよっさんと、『風と木の詩』を巡って喧嘩したことがあったわ。

竹宮恵子先生の単行本は、芳美が購入担当だった。あれはたしか、第二巻の発売日の翌日だ。いつもなら発売日当日に連れ立って書店に行き、どちらかの家で読むのだけれど、可南子はその日、家の用事があった。だから、翌日である。授業が終わると制服を着替える余裕もなく、直接芳美の家へと急いだ。

『風と木の詩』は少年愛を真っ向から取り扱った作品で、当時の少女たちにとっては衝撃だった。なにせ一巻の冒頭が、少年同士のセックスシーンなのである。ラブシーンを描いてもせいぜいキスか熱い抱擁止まりだったあの時代、少女たちは驚き、好奇心をくすぐられ、そして倒錯的な美に酔いしれた。

金髪の美少年が好きな芳美も当然のごとく主人公のジルベールにはまっており、二巻は発売日に買って読んでいた。その興奮は翌日になっても覚めやらず、早く感想を語り合いたいがために、放課後の掃除当番を代わってもらったくらいだった。

可南子が二巻を読んでいる間、芳美は隣にべったりと張りついていた。そして次第に、焦れはじめた。

なにせ丸一日、おあずけを食らっていたのだ。「まだそこ？」とか「この次のページがいいのよ。早くめくって！」とか、いらぬ横槍を入れてきた。

その度に集中が切れて、物語世界から引き戻される。はじめは我慢していたが、あまりにもしつこくて、可南子はつい声を荒らげてしまった。

「うるさい、いい加減にして！」

高揚感に包まれていた芳美は、突然の剣幕にびくりと肩を震わせた。だがすぐに、「なによ！」と言い返してきた。

「そんな言いかたないでしょ、ひどいよ」

「じゃあ静かにして。私は私のペースで読みたいの」

「だって、待ちきれないんだもの。昨日来られなかったタケコが悪いのよ」

「なんでそうなるの！」

ついにはどっちが悪いと言い合いになり、可南子は漫画を途中でやめて帰ってしまったのだ。

その夜は、なかなか眠れなかった。『風と木の詩』の、続きが気になりすぎて。喧嘩なんかしなきゃよかったと後悔して、翌朝一番に芳美に謝った。

あれから四十五年が経ってもまだ、自分のペースがどうのと言い合っているのだから、進歩のないことである。

芳美は中学時代のこの喧嘩以来、漫画を読んでいる可南子には話しかけてこなくなった。よっぽど緊急の用事があるならともかく、生姜スープが冷めようが、三日間他になにもせず引き籠っていようが、可南子が集中しているかぎりはスルーするのだ。

的外れな気遣いのようでもあるが、芳美は芳美なりに、可南子のペースに配慮していたのかもしれなかった。

頼まれていた豚コマと、朝食用のグラノーラ、ヨーグルトなどを買って、スーパーを後にした。今度は赤城山を背にして、来た道を引き返してゆく。

まっすぐ帰っても、平気かしら。

スマホを確認してみると、家を出てから三十分近くは経っていた。夏美はもう落ち着いただろうか。もう少し、ゆっくり歩くことにする。

県道を逸《そ》れて住宅街をしばらく行くと、しだいに田畑が増えてきた。空が広くて気持ちいいが、風が出てきたせいで少し埃《ほこり》っぽい。でも冬の赤城おろしは、こんなものじゃないはずだ。

その季節まで、芳美の家にいられるだろうか。

夏美がやっぱり嫌だと難色を示したなら、家族の反対を押し切ってまでは居座れない。芳美に引き留められたとしても、可南子は荷物を引き払うだろう。

さてそうなると、次はどこに行けばいいのやら。

また東京に、引き返す？　でもあの街で溜め込んだ思い出の大半を捨ててしまった今では、戻るのも億劫だ。母の暮らす前橋は高校の三年間を過ごした地でもあるが、いまだに結婚を勧めてくる母親の近くにはあまり住みたくない。

しばらくはここで、のんびり過ごそうと思っていたのに。と、可南子は名残惜しくあたりを見回す。

田圃《たんぼ》の向こうの畦道《あぜみち》に、真っ白い大型犬がいた。リードを握っているのは中学生くらいの男の子だ。犬は草叢《くさむら》に顔を突っ込んでおり、促されても決して動こうとはしない。

その光景になぜか違和感を覚え、可南子は歩調をさらに弛めた。視線に気づいたのか、犬が顔を上げてこちらを見る。その頭には、二本の角が生えていた。

ヤギだ。

よく見れば体つきがまったく犬ではないし、顎の下には長い髭《ひげ》をたくわえている。草叢に顔を突っ込んでいたのは、食事中だったからだ。真っ白な体に、赤い首輪が映えている。

ペットなのだろうか。ヤギの散歩とは、のどかなものだ。

じろじろ見るなと抗議するように、ヤギがひと声メェと鳴く。

少年と、目が合った。目元が涼しげで、可愛らしい子だ。互いに軽く会釈を交わし、通り過ぎてゆく。

もしまた一人に戻るならば、次は動物を飼ってみてもいいかもしれない。そんなことを考えながら、もう一度スマホを確認する。

経過時間は、そろそろ五十分。ブロック塀に囲まれた芳美の家が、だんだん近づいてきた。

門扉の前には、女性が一人。なにやら人待ち顔で立っていた。


「ああ、よかった。会えました」

門前に佇んでいた夏美は可南子に気づき、寄りかかっていた塀から身を起こした。

あらためて見ると、とても仕事で重機を扱っているとは思えないくらい、小柄な女性だ。トートバッグを肩にかけ、夏美はすでによそ行きの顔つきになっていた。

「あら、もう帰っちゃうんですか？」

「はい。子供たちのお迎えがあるので」

昨今の共働き家庭の児童は、放課後を学童保育で過ごす。そのくらいは子供のいない可南子でも知っているが、お迎えが必要とは思わなかった。

「名古屋までだと、だいたいどのくらい？」

「高崎《たかさき》で新幹線に乗り換えて、三時間半くらいです」

「それはそれは、ご足労を」

せっかくの休みである。二児の母ならなおさら、休日に片づけておきたいことはいくらでもあったろうに。

恐縮して腰を折ると、夏美も同じようにお辞儀をした。

「こちらこそ、お見苦しいところを。すみませんでした」

頭が冷えたのか、先ほどとは態度が違う。可南子は「いいえ」と首を振った。

「大事な実家に見ず知らずの人間が住みついていたら、心配になって当然です。連絡が行き届かなくて、本当に申し訳ない」

「そんな、分かってます。どうせ母が、連絡を怠ったんでしょう」

芳美のずぼらさなら、自分が一番よく分かっている。そう言いたげに、夏美は苦笑した。

「昔はあんな人じゃなかったんです。誰よりも早く起きてきびきび動いて、躾《しつけ》なんかも厳しかった。ゲームは一日一時間という約束を守れなくて、ソフトを捨てられたこともあります。それなのに弟と私が家を出て、祖父母が他界したとたんに古い少女漫画を集めだして。家事もそっちのけで、だらだらと読むようになっちゃって」

身内以外とは共有しづらい愚痴を、夏美は誰かに聞いてもらいたかったのだろう。可南子は口を挟まずに、相槌《あいづち》だけ打って先を促す。

「家の中で一番いい部屋を、あんなふうにリフォームしてしまったのもそのころです。文句をつけると父は、『お母さんには苦労をかけたんだから、このくらいいいじゃないか』と笑ってました」

祖父母の介護が大変だったときは、自分もちょうど双子が生まれて、なにも手伝うことができなかった。その引け目があったから夏美も、それ以上は強く出られなかったという。

「だけど父が急死して、もっと早く病院に行っていたら助かったかもしれないと思ったら、つい言ってしまったんです。『お母さんはなにをしてたのよ！』って」

そこでいったん言葉を切って、夏美は込み上げてくるものを唾と一緒に飲み込んだ。

昔のきびきびとした母ならば、父親を急《せ》かして救急病院に連れて行ったかもしれない。それなのに芳美は「もう治まったから、大丈夫」という言葉を真に受けて、さっさと寝てしまった。夏美には、納得できなかった。

「お母さんがついていながらどうしてって、弟に止められるまで責め続けました。母はなにも言い返さずに、その後さらに無気力になってしまって――」

潤んだ目で、庭木の向こうに覗く実家を振り返る。その横顔には、後悔の念が貼りついていた。

「ああやって昼間から外にも出ずに、漫画ばかり読んでいるんです」

一時の激情に任せて責めたせいで、芳美はあんなに腑《ふぬ》抜けてしまった。夏美はそれを、負い目に感じているようだった。

だからこそ芳美と会えば、「漫画なんか読んでないで出かけなさいよ」と急かしてしまうし、芳美は「放っておいて」と反発する。顔を合わせると必ず言い合いになり、そんな関係に疲れてお互いに、しばらく距離を取ることにしたという。

その結論に至った心境は、可南子にも理解できた。ついさっき、前橋に暮らす母親の近くには住みたくないと思ったばかりだ。嫌ったり憎んだりしているわけではないけれど、顔を合わせると愉快な気持ちにはならない。無用なトラブルを避けるためには、適切な距離を保つのが一番だった。

不仲というほどではないが、うまくいっているわけでもない。それで夏美は、なるべく実家に寄りつかないようにしていたのだ。

ただ一点だけ、どうしても気になることがあった。的外れかもしれないが、聞かずにはいられない。

「あの、もしかしてお母さんって、以前は漫画をあまり読まなかったの？」

「あまりというか、まったくです。弟が少年漫画雑誌を買っていましたけど、興味はなさそうでした」

夏美の返答に、またもや驚く。つまり芳美は義両親にとっていい嫁、子供たちにとってはいい母であるために、趣味を封印していたのだ。

三十数年もの長きにわたり、よくぞ我慢した。と、遥か昔を知る可南子は思うのだが。夏美の目には、思いがけぬ変化に映ってしまうのだろう。

「ええっとね、芳美はもともと、三度の飯より漫画が好きでね」

「えっ！」

「だからその、あなたのせいでああなったわけじゃないはずだから、あんまり気に病まなくていいと思うの」

母親の友人を名乗る初対面の女からそんな事実を告げられても、すんなりと信じることはできないだろう。夏美は陸に打ち上げられた魚のように、何度か口をぱくぱくさせた。

ほとんど車通りがない道を、黒いタクシーが近づいてくる。迎車のランプが出ているから、夏美が呼んだものらしい。

「あ、どうしよう」

門扉の前にいるのが客と悟り、タクシーが手前に停まった。運転席の窓が開き、「相澤《あいざわ》さんですか？」と確認される。それが夏美の今の苗字である。

「はい、そうです。あの、ほんの少しだけ待ってもらえますか」

タクシーを待たせ、夏美はトートバッグの中をまさぐる。スマホを取り出すと、あらためてこちらに向き直った。

「すみません。連絡先の交換、いいですか？」

「もちろんです」

可南子としても、芳美になにかあったとき夏美に連絡できるとありがたい。

手早く連絡先を交換すると、夏美は「それじゃあ、私はこれで」と顔を上げる。タイミングよく、タクシーの後部座席のドアが開いた。

「母のこと、よろしくお願いします」

タクシーに乗り込んで、夏美は窓越しに何度も頭を下げてくる。

同居の件は、どうやら認めてもらえたようだ。

可南子はその場に立ったまま、手を振って遠ざかってゆくタクシーを見送った。


帰宅してみると、ヴィクトリアンスタイルの部屋に芳美の姿はなかった。

漫画は散らかしたまま、エアコンも消していない。娘の見送りもせずどこに行ったのかと思ったら、ダイニングキッチンから物音がした。

「あ、お帰り」

芳美はホーロー製のボウルを抱え、泡立て器で中身を掻《か》き回していた。可南子の帰宅に気づき、振り返る。シンクの横の作業台には、ホットケーキミックスの袋が出ていた。

「追い出しちゃってごめんね。お昼とおやつを兼ねて、ホットケーキを焼こうと思うんだけど」

時刻はすでに、午後二時を過ぎている。芳美も可南子も、すっかり昼食を食べそびれていた。

「いいね。私もお茶請けにと思って、シュークリーム買ってきちゃった」

スーパーのものではあるが、茶菓子がなにもなかったので夏美のために買ってきた。だから大振りのカスタードシューが、三つもある。

「素敵。スイーツ祭りね」

そう言って、芳美が顔を輝かせる。空元気のように見えるのは、気のせいだろうか。

冷蔵庫を開けて、買ってきたものを収めてゆく。食費は月末に合計を出して、折半する決まりになっている。

「さっきそこで、夏美ちゃんに会ったよ」

「ああ、そう」

さりげなさを装って切り出すと、芳美もあっさり頷いた。

「いい子ね」

「ええ、とってもいい子。こんな親で申し訳ないくらい」

だったらあんまり、心配かけないようにしなさいよ。と思ったが、芳美があまりにもしつこくボウルを掻き混ぜているものだから、なにも言えなくなってしまった。

これから使うであろうバターの箱を手に取って、冷蔵庫の扉を閉める。それを作業台に置いてから、可南子はまったく別のことを尋ねた。

「漫画を読むの、ずっと我慢してたんだって？」

「やだ、そんなことまで聞いたの？」

芳美がうつむき、照れ臭そうに笑う。ようやくボウルを置いて、フライパンを火にかけた。

「義母が頭が固いというか、前時代的な人でね。嫁は家族のために尽くすもの、自分の時間を持つなんてけしからん、って考えだったのよ。まぁ実際に家のことを全力でやってたら、趣味に割く時間なんかなかったしね」

ようやくひと息つけたのは、義父母を見送ってからのこと。久し振りに漫画を読んでみたら、あまりにも面白くて脳がパニックを起こしそうだった。

少女時代に買い集めた単行本は、段ボールに入れて物置の奥深くに眠らせていた。慌ててそれを引っ張り出して、寝る間も惜しんで再読してしまったという。

「君がそんなに漫画が好きだったなんて知らなかったよって、スシさんに笑われたわ」

ジュッと音を立てて、フライパンにタネを丸く落としてゆく。可南子はその隣に立ち、やかんで湯を沸かしはじめた。

「これから先は君の好きなようにするといいよって言われて、お言葉に甘えてこの様よ。長年の我慢の、反動が出たのね」

「でしょうね。抑圧されると、爆発するから」

夏美はまだ戸惑っているようだけど、むしろ現状が芳美の素なのだ。

そんな母親を受け入れられなくてもべつに構わないが、自分のせいでこうなったと嘆くのは、もうやめにしたっていい。

「言ってやりな、夏美ちゃんに。私は漫画を読んでるときがなにより楽しいんだ、文句あるか！ってさ」

「ショックで泡吹いて倒れるわよ」

あはははと、声を出して芳美が笑う。キッチンが少しずつ、ホットケーキの焼ける甘いにおいに満たされてゆく。

可南子は食器棚から、気に入りのコーヒーセットを取り出した。ペーパーフィルターには、あらかじめ水を含ませておく。

「コーヒー？　私も飲みたい」

「紅茶派じゃなかったの？」

「そうだけど、タケコが毎日美味しそうに飲むもんだから」

ちょうどよいきつね色だ。


「ほっ」と声を出して、芳美がホットケーキをひっくり返す。ちょうどよいきつね色だ。

お店じゃなく家で焼いたホットケーキなんて、たぶん実家を出てから食べていない。

「分かった。とびっきり美味しいのをいれてあげる」

そう言って、可南子は香ばしいにおいを胸いっぱいに吸い込んだ。

第3章

夏

1

赤いゴルフの助手席から降り、後部座席に積んだ荷物を手早く抱える。

今日の買い物には五キロの米や料理酒が含まれているため、腰にくる。芳美がペットボトルの入ったエコバッグを引き受けて、「さぁ、走って！」と号令をかけた。

カーポートから、庭を突っ切って玄関へと急ぐ。若いころのように、機敏には動けない。鍵を開けるのにも手間取って、どうにか引き戸を開けると、競うように中へとなだれ込んだ。

すぐさま戸を閉め、肩で息をする。上がり口にいったん荷物を置き、スニーカーを脱ごうとしたその瞬間、右のくるぶしに痒《かゆ》みが走った。

「あっ、やられた！」

痒みはどんどん増してきて、耐えきれずに掻くと、その箇所が赤く腫れ上がる。苛《いら》立《だ》ちを誘う、絶妙な痒さである。

「七分丈のパンツなんか穿《は》いてるからよ」

そう言いながら、芳美も左の二の腕を掻いている。半袖のTシャツから突き出た腕が、やはり小さく腫れている。

「敗因は、鍵ね。もっとスムーズに取り出せればよかったんだけど」

夏になったら、庭に蚊が湧くとは聞いていた。その言葉どおり、七月に入ったとたんやたらと蚊に刺されるようになった。

縁側の窓を開けて、スイカを食べるなんてとんでもない。庭を横切るだけでも、決死の覚悟が必要だった。

しかもまだ、梅雨の最中なのである。夏の終わりまでずっと、あの吸血生物に血を吸われ続けるのかと思うと気が滅入る。

買い物の荷物を台所まで運び、芳美に手渡された薬をくるぶしに塗りつけた。配合されたメントールがスースーして、ほてったような痒みが和らいでゆく。

「これが九月くらいまで続くの？」

「甘いわね。十月下旬までよ」

「長いよ！」

せっかく広い庭があるというのに、外で過ごすこともできないなんて。黄昏《たそがれ》どきに椅子を出して、ビールでも飲んだらさぞ旨《うま》かろうに。

「夏美ちゃんたちが小さかったころは、庭でバーベキューとかしなかったの？」

「したわね。スシさん、そういうの好きだったから」

「蚊は？」

「おじいちゃんがまだピンピンしていて、こまめに下草を刈ってたからそうでもなかった」

おじいちゃんとは、庭いじりが趣味だったという義父のことだろう。

梅雨に入ってからというもの、庭の雑草は活気づいてぐんぐん丈を伸ばしている。可南子がこの家に越してから、すでに二ヶ月。そういえばまだ一度も草むしりをしていない。

「なんだ、じゃあ草を刈ればいいんじゃない」

ポケットからスマホを取り出して、試しに『蚊　対策』で検索してみる。蚊の成虫は下草の蔭に身を潜めているらしく、除草はたしかに効果があるようだ。

庭木の剪定《せんてい》は業者に任せているが、出費がかさむため下草の処理は芳美が自分でしていたという。ならもう少しまめにやればいいものを、憧れのイングリッシュガーデンでもない庭には情熱を注げないようだ。

「やだ、面倒」と、実に嫌そうに顔をしかめた。

一緒に暮らしてみて、つくづく感じる。芳美は筋金入りのインドア派だ。可南子も人のことは言えないが、太陽に当たると溶けると信じていそうな芳美ほどではない。

それでも近ごろは、誘えば散歩につき合ってくれるようになった。往復で三十分ほどの距離ではあるが、車が足代わりの芳美にしては大きな進歩である。

「よし、今からちょっとやっちゃおう。軍手ある？」

「あるけども」

今年の梅雨は、雨が少ない。今も曇ってはいるが、降ってきそうな気配はなかった。

「思い立ったが吉日よ」

実のところこの二ヶ月で、体重が二キロも増えている。芳美が作ってくれたご飯を食べて、漫画ばかり読んでいるのだから当然だ。この機会に、少し体を動かしたかった。

「私は思い立ってないんだけど」

「じゃあいいよ、一人でやる。やってみせる」

同居の際に決めた相手のペースに干渉しないというルールは、すでに有名無実化している。誰かと暮らせば必ず他者の時間が生活に流れ込んでくるものだし、おそらく心のどこかでそれを期待して可南子は同居を決めたのだ。

いつまで続くか分からない還暦後の長い時間が、すべて自分のものだなんて恐ろしすぎる。なにかで埋めなきゃ間が持たない。そう感じていたからこそ、可南子たちは互いに手を取り合ったのだった。

だから可南子は芳美に流されて一日中漫画を読んでしまっても、「今日はそういう日」と割り切ることにした。やるべきことは、現役時代に比べて驚くほど少ない。だったら芳美とだらだらする時間があってもいい。

ただし本当に干渉されたくないときは、きっぱりと断ること。その権利を今、芳美は行使しているわけである。

アンタんちの庭じゃん、と呆れなくもないけれど、ここに住んでいるかぎりは可南子の庭でもあるのだ。

だったらやるしかないじゃない。可南子は腕まくりをして、芳美が差し出してきた軍手を受け取った。

草むしりなんて、中学時代の校内美化活動以来かもしれない。

体操服に着替えてそれぞれに持ち場を割り振られ、たしか芳美とは体育館裏の草むしりを担当した覚えがある。

口よりも手を動かせ。と、見回りにきた先生に叱られたっけ。雑草は根っこから抜かないとまた生えてくるというけれど、どうせ途中で切れるので、気にせずぶちぶちと千切っていた。

あの活動は、だいたい一時間程度だっただろうか。

「あいたたたた！」

屈めていた腰を伸ばしながら、可南子は年寄りくさい声を上げた。

一時間も地面にしゃがんでいられたなんて、十代の自分の体はどれほど瑞々しかったのだろう。草刈りをはじめてまだ二十分も経っていないのに、足腰はとっくにがたがきている。

いったん立ち上がり、膝裏を伸ばす。蚊を警戒して長袖に長ズボン、芳美に勧められてゴム長靴まで履いているため、暑いったらない。麦わら帽子を被り、首にはタオルの野良仕事スタイルだ。右手に持った小鎌の柄で、強張《こわば》った腰をトントン叩く。

中学時代の教師には根っこから抜けと注意されたが、芳美曰く「抜いたらまたそこに新しい草が生えてくるから、短く切り揃えてほしい」とのことだ。綺麗な庭を維持するのは大変だから、雑草をグランドカバー代わりにしてしまおうという狙いである。

なるほどそれは、一理ある。雑草といっても芝生のように短くしておけば見苦しくないし、蚊も潜めないだろう。

根っこから抜く必要がないなら、たいした手間じゃなさそうだ。

と思ったのだが、見通しが甘かった。六十歳の腰と膝は、長時間の屈み作業には向いていない。

「タケコ、大丈夫？」

芳美が縁側から、網戸越しに声をかけてくる。ずいぶん頑張ったつもりでも、まだ石灯籠がある築山の周りしか刈れていない。

顔を上げて周囲を見回すと、まだ何十倍もの敷地がある。可南子は「無理！」と音を上げた。

「いったん休憩しよう。こっちおいで」

縁側には、お茶とお菓子が用意されている。さっきスーパーで買ってきたクッキーだ。

「ありがとう。手洗ってくる」

可南子は玄関へと回り、洗面所に寄ってから縁側に向かった。なんだか顔が痒いと思ったら、頬を蚊に刺されている。

「あら、痒いの？」

カップに紅茶を注ぎながら、芳美が尋ねてきた。

「うん。虫除《むしよ》けスプレー、顔だけ吹いてなかったから」

「耳なし芳一《ほういち》みたいね」

「芳一だったら、首をもがれてるところだよ」

軽口を叩きながら縁側に膝を折る。

紅茶はアールグレイだ。ひと口含むと、ベルガモットの爽やかな香りが鼻に抜けた。

紅茶派だった芳美は近ごろ可南子の影響でコーヒーをよく飲むようになり、可南子も芳美がいれてくれる紅茶を楽しんでいる。こうして互いの習慣が、溶け合ってゆくのも悪くない。

「草刈り、大変でしょ」

芳美はプレーンなクッキーを、紅茶に浸して食べている。

これは彼女の昔からの癖だ。水分を吸って、ふやけたクッキーが好きだという。可南子はサクサク派だから、この習慣だけは真似する気になれない。

「本当に大変。こんなの一人でやってたの？」

「通り道になるところだけ、少しずつね。端のほうは冬になって枯れるまで放置よ」

それでは蚊も湧くわけだ。可南子はやれやれと、痛みだした腰をさすった。

「芝刈り機はないの？」

「あれはね、平坦なところで使うものなの。うちはけっこう起伏があるし、庭石も多いからね」

芝刈り機はようするに、高速で回転する刃物だ。庭石に当たって跳ね返ってくれば、大怪我《おおけが》をしかねない。安全性の高い手押し車式は、起伏のある場所では使えないという。

「怪我をしたら、元も子もないでしょ」

そういえば中学時代の教頭は、左の薬指だけ短かった。なんでも芝刈り機による事故で切断されたらしく、芳美の念頭にはそのエピソードがあるのだろう。

「じゃあもう、除草剤に頼っちゃおうよ」

「それはそれで、庭が茶色くなるのが嫌なの」

「我儘ねぇ」

そんな気持ちも、分からなくはない。雑草といえどもこの季節は雨を吸って瑞々しく、目に鮮やかだ。初夏の庭が枯れ草に覆われているのは、ずいぶん味気ないように思える。

ならやはり、地道に手で刈り取ってゆくしかないのか。足腰の鍛錬と思えば、頑張れるかもしれないけれど――。

その前に、腰が壊れそう。

無理をすると、翌日立てなくなるおそれがある。もっと手軽で、薬剤を使わずにすむ方法はないものか。

「あ、ヤギ！」

思いついて、手を打ち鳴らす。芳美が訝しげに眉を寄せた。

「ヤギがなによ」

「前にテレビで見たことがあるの。除草ヤギって知らない？」

芳美はちっともテレビを見ない。そもそもヴィクトリアンスタイルの部屋には置いていない。必要な情報は、新聞とスマホから得ているようだ。

もっとも可南子だって、引っ越しの際にテレビは処分してしまった。見たい番組があればノートパソコンから配信で見るし、映画なども同様である。

案の定、芳美は「なにそれ」と首を傾《かし》げた。


除草ヤギはその名のとおり、ヤギに雑草を処理してもらう除草法だ。

目的の場所にヤギを放しておくだけでよく、環境負荷の少なさで、近年注目されているという。

「一頭につき、一日五キロ以上の生草を食べるらしいよ」

あらためてスマホで調べ直し、芳美に画像を見せてやる。

丈の高い雑草に覆われた休耕田などの広い土地でも、一ヶ月もすれば地面が見えるようになっている。もともと急峻《きゅうしゅん》な崖を登る生き物だから、傾斜地もお手のものだ。

「除草目的で、ヤギを貸し出してる業者もあるみたいね」

しかもレンタル料はそれほど高くない。これならヤギはお腹いっぱい食べられるし、可南子たちは過酷な草刈りから解放される。まさにウィンウィンの関係である。

「そうだ、この近所にペーターがいるじゃない。あのヤギを貸してもらえないかな」

「誰よ、ペーターって」

「白いヤギに首輪をつけて、散歩させてる少年」

それが某アニメのキャラクターに由来していることは、芳美にもすぐ分かったはず。ヤギを連れていれば目立つから、このあたりでは有名に違いない。

だが芳美は、「知らない」と首を振った。

「中学生くらいの男の子よ。ちょっと可愛い顔立ちの」

「だから分からないってば」

これは、引き籠りの弊害だ。外出の機会が少ない上に、隣家とも離れているからご近所づき合いがほとんどない。子供がいればまだしも、独立してしまうと地域社会との接点も減ってゆくのだろう。

「たぶん、近くの子だと思うんだけど」

「嘘よ。ヤギがいるほど田舎じゃないわ」

実物を見ていないから、芳美はちっとも信じてくれない。こんなことなら声をかけて、名前くらい聞いておけばよかった。

ヤギへの未練が捨てきれず、スマホでレンタル業者を探してみる。

期待も虚しく、この近辺では一軒も見つからなかった。

2

これはなんとしても、人力以外の雑草対策を模索しなきゃいけないわね。

明けて翌朝のことである。可南子は布団の中でぱっちりと目を開けたまま、そんなことを考えていた。

意識は覚醒しているのに、起き上がれない。たぶんゆっくりなら動けるのだろうけど、痛みを伴うため試みるのが怖かった。

完全に、腰をやっちゃったわね。

休憩を挟んで再開した昨日の草刈りは、十分も続かなかった。途中から腰が悲鳴を上げはじめ、これ以上は無理と諦めた。

腰を伸ばそうとすると、激痛が走った。だが芳美に湿布を貼ってもらうと痛みが和らぎ、この程度ならすぐに治るだろうと侮った。

よくなるどころか、悪化してるわ。

右を下にして寝転んだまま、どうしたものかと考える。仰向けになるのも、寝返りを打つのも辛《つら》いので、体勢が限定されて腰以外の部位まで疲れていた。

おそるおそる腕を伸ばすと、枕元のスマホに辛うじて手が届いた。もしやこれが、噂に聞くぎっくり腰か。ひとまずは、対処法を知りたかった。

　でもその前に、メールが一通届いている。会社員時代の即レスの癖で、そちらを先に確認した。ほんの数ヶ月前まで部下だった、前川さんからだった。

　なんだろうと、首を傾げる。

　退職と同時に会社のアカウントは使えなくなっており、可南子個人のフリーメールである。送信日時は昨日の夜。腰の痛みに喘《あえ》いでいたせいで、気づかなかった。

　本文を読み進めてゆくうちに、顔が険しくなるのが自分でも分かった。可南子には、荷が重い依頼だった。

　そうこうしているうちに、部屋の襖《ふすま》が外から軽く叩かれた。

「タケコ、大丈夫？」

　いつまで経っても可南子が起きてこないから、芳美が様子を見にきてくれたようだ。

「ごめん、ちょっと手伝ってもらっていい？」

　声を張り上げると、腰に響いた。「あいててて」と顔をしかめていると、部屋に入ってきた芳美が傍らに膝をつき、起き上がらせてくれた。

　お蔭で座ることはできたけど、腰は丸く曲がったままだ。

「ああ、これは駄目ね。少しくらいは動けそう？」

「うん、たぶん」

「だったらちょっと頑張って。整骨院に行きましょう」

　さすがに負ぶっては行けないからねと言って、芳美は押し入れの前に立つ。

「開けるわよ」

そう断って、中の衣装ケースから着替えを用意してくれた。

「一人で着替えられる？　すとんとしたワンピースが楽だと思うけど、施術してもらうことを考えたらスパッツは穿いておいたほうがいいわ」

「ありがとう、助かる」

「営業時間が九時からだから、一応予約を入れとくわ」

「手慣れてるね」

布団の上に身を起こしたまま、のろのろと着替えはじめる。どうにか一人でできそうだと思ったが、靴下を穿くのに難儀した。座った姿勢で膝を折り曲げようとすると、腰が悲鳴を上げるのだ。

「一応、介護経験者だからね」

気づいた芳美が、てきぱきと靴下を穿かせてくれた。いつものぐうたらぶりからは、想像もつかないほどの手際のよさだ。

「義父と義母、二人分だもの。あのころはしょっちゅう腰を痛めていて、だからこのへんの整骨院には詳しいの」

「それは、大変だったね」

「義母には、途中から施設に入ってもらったけどね。深夜徘徊《はいかい》が出ちゃって、あまりにも眠れなかったから」

介護と聞くと、後ろめたい感情が湧き上がる。父親が肝臓ガンで他界したとき、可南子は仕事にかまけており、看病はほとんど母任せになってしまった。

その母は今も健在だが、なにかあれば負担は同居の弟夫婦に重くのしかかる。実の娘のくせに自分だけが、責任逃れをしているような気分になった。

そういえば私って、自分のためにしか生きてこなかったわ。

家族のために身をすり減らしてきた芳美とは、大違いだ。彼女は今、自分のための時間を必死に取り戻そうとしているのかもしれなかった。

「育児休暇なんて女の甘え」と言われた時代に結婚を選択せず働き続けた自分と、家族のために妻と母親と嫁の役割をまっとうしてきた芳美と。二つの人生がここにきて交差するのは、なんだか皮肉なようでもあった。

芳美は身を屈め、あたりまえのように可南子に肩を貸す。高校進学後も身長が伸びなかったようで、彼女はとても小柄だ。この体格で身体介助などしたら、そりゃあ無理がたたるだろう。

介護リフォームの一環で取りつけたという階段の手すりに摑まらせてもらい、一段ずつゆっくりと下りてゆく。

「ありがとう。一人じゃなくて、よかった」

誰かのために生きたことのない可南子だから、そのぶん自分の面倒は、自分で見るしかないと思っていた。幸い大きな病気はしてこなかったけど、体調を崩しても日常を回してくれる誰かが傍にいないのは心細いものだった。

「いいのよ。こういうときのための同居でもあるんだから」

万が一可南子が足を滑らせても平気なように、芳美は下段で腕を広げている。だが彼女には、長身の可南子を受け止めきれるとは思えない。

　だから絶対に、落っこちないようにしなければ。痛みを堪え、手すりを握る手に力を込める。芳美には、怪我をさせるわけにいかない。

「やっぱり私、運転の練習をするわ。よっさんになにかあったとき、すぐに車を出せないんじゃ困るから」

　四十年も、ペーパードライバーだったのだ。今さら運転するのは怖いと思っていたが、いざというときに役立たずでは、名古屋に住む夏美にも顔向けできない。連絡先を交換した彼女とは、芳美に内緒で時たま近況を報告し合う仲である。

　そういった緊急時でなくとも、地方ではやはり車は必須だ。いずれは免許返納を考えなければいけない歳になるけれど、まだしばらくは大丈夫だろう。

「行き先が、天国にならないことを祈るわ」

　なかなかきつい冗談を言って、芳美は軽く肩をすくめた。


　整骨院で深層筋にアプローチするとかいうマッサージを受け、電気を流してもらったら、腰の具合は劇的によくなった。

　痛みが消えたわけではないが、少なくともまっすぐに立ててはいる。芳美の肩を借りてどうにか整骨院のドアを潜ったのに、帰りは自力で車まで歩けたのだからたいしたものだ。

「あと三日ほど通えば、痛みもなくなりますよ」と、先生も太鼓判を押してくれた。

「いやぁ、助かった。一時はどうなることかと思った」

芳美の運転で帰路につき、可南子は楽になった腰を撫でさする。

「でしょう」

芳美はなぜか、自分のことのように胸を張った。

「私きっと、あのゴッドハンド先生がいなかったら、体がボロボロになっちゃってたわ。何軒も回って、やっとたどり着いたんだから」

痛みを取ってくれるだけでなく、小さな力で介助ができる体の使いかたを教えてもらったりと、ゴッドハンド先生にはずいぶん世話になったらしい。

「この調子なら、明日は自転車で行けるかも」

「べつに、車出すわよ。どうせ暇なんだから」

「そう？　じゃあ、お言葉に甘えて」

痛みが落ち着くと、心理的に余裕が出てきた。そういえば目を通してからずいぶん経つのに、前川さんへのメールの返事を忘れている。

「ごめんちょっと、一件だけメール返していい？」

「どうぞどうぞ、何件でも」

許可を得てから、可南子はスマホを取り出した。

さて、この依頼にはどう返したものか。

正確に言えば、可南子に用があるのは前川さんではない。彼女はたんなる、仲介役だ。

考えがまとまりきらず、指先が迷う。右手の人差し指を立てたまま固まっていたら、ハンドルを握る芳美に笑われた。

「なに、どうしたのよ」

「うん。ちょっと、思いがけない依頼がきちゃってね」

依頼主はシニア女性向けファッション雑誌、『素敵百貨』の編集長だ。

四月までは、仕事で絡んでいた相手。プライベートでは、まったくつき合いのなかった女性である。

そんな彼女が、可南子のセカンドライフに興味を示しているというから驚きだ。再就職もせず、これまでのキャリアをポーンと投げ捨てて、気の合う友人との田舎暮らし。そんななにげない日常を綴《つづ》った、コラムを連載してみませんかという依頼だった。

定年後の身の振りかたは、世間話のついでに部下には明かしていた。きっとミユちゃんあたりが問われるままに、ぺらぺらと喋ってしまったのだろう。コンプライアンス的には、失格だ。

「えっ、すごいじゃない」

事情を話すと、芳美は純粋に褒めてくれた。それでも可南子の指先は、すんなりとは動かない。

「だけど書くことなんて、特にないんだよね」

『素敵百貨』からはこれまでに何度も、顔出しの取材を受けてきた。

たとえば「自分らしくあるためのファッション対談」とか、「ファッションプレスに聞く着こなしのコツ」とか、あくまで主眼はファッションにある企画である。

自社ブランドのアピールになると思えばこそ、できた仕事だ。でも今回は、可南子のライフスタイルそのものに焦点が当たっている。

『仕事をリタイアするキャリア女性が増えてゆく中で、同性の友人と地方で暮らすという竹下さんの選択もまた、一つの指標となるのではないかと愚考しております。これからの生きかたに悩む女性に向けて、日々の気づきやちょっとした出来事を、語りかけるように書いていただけないでしょうか』

　転送されたメールの本文には、そんな文言が書き連ねられていた。送り主である編集長自身も、すでに五十代の半ばだ。彼女にとっても定年退職は、遠い未来のことではないのである。

「べつに肩肘を張らなくても、タケコの飾らない、等身大の日常を書けばいいんじゃない」

「毎日、漫画ばかり読んでるのに？」

「あら、それもそうね」

　この二ヶ月で、中学時代に完結せず、読みかけのまま放置していた作品はすべて読み終えた。今は芳美の本棚から八〇年代に刊行された漫画を抜き出して、読破を試みているところである。

「等身大だと、ただの漫画の感想文になっちゃうよ」

「シニア女性向けの雑誌なら、いいんじゃない？　往年の少女漫画の読者でしょ」

「編集長が求めてる方向性じゃ、ないと思う」

　適当なこと言わないでよと文句をつけているうちに、車は県道から逸れた。

　畑に挟まれた道路は車が二台すれ違うには厳しいが、一方通行というわけでもない。対向車はめったにこず、来たらどちらかが畦道に車体を寄せてやり過ごす。

　今日はタイミングが悪く、向こうから軽トラがやって来た。しかたなく芳美がゴルフを脇に寄せる。

　対向車が通り過ぎるのを待つ間、可南子はなにげなく周りを見回した。あたり一面関東平野の広さを思わせる、田圃と畑の連なりだ。少し先に休耕田なのか、丈の高い草が生い茂っている土地がある。

身丈にも届きそうな雑草の間で、なにか白いものが動いていた。可南子は「あっ！」と、サイドウィンドウに頬を寄せる。

「びっくりした、なによ」

「いた、ペーターよ。ほらあそこ！」

白い物体は、草を食《は》むヤギのお尻だ。その傍らに、リードを持った少年が佇んでいた。

「どこ?」芳美が首を伸ばし、「ホントだ」と目を丸くする。

「ヤギを借りられないか、聞いてみよう。車、あっちに回して」

「無理よ、そんなに小回り利かないって」

この道幅ではUターンもできない。戻りたければいったん十字路まで走って切り返すしかないが、もたもたしているうちに見失うかもしれなかった。

「ああ、もう。私ちょっと、行ってくる」

「えっ、待ってよ腰は?」

焦れた可南子は、体の不調も忘れて勢いよく車から飛び出した。地面に足をついたとたん、みしりと腰がきしむ音がした。

「あああああああぁ！」

意気込みも虚しく、叫びながら膝から崩れ落ちる。

絶叫に驚いて、ヤギがメエェェェと騒ぎだした。ペーターも、なにごとかとこちらを振り返る。

「大丈夫ですか！」

初老の女が倒れているのを見て、ペーター少年は瑞々しい声を上げた。暴れるヤギを引っ張って、助けに駆けつけようとしている。

ああ、いい子だ。

可南子は地面に倒れ伏したまま、早く来てと手招きをした。

3

痛みに顔をしかめつつ、敷布団の上で楽な姿勢を探す。横向きに寝て膝を軽く曲げた格好が、一番ましだ。深く息を吸い込むと腰に響くから、呼吸も自然と浅くなる。

「どう、少しはマシになった？」

芳美が傍らに膝をつき、顔を覗き込んでくる。座っていてもそわそわと腰が落ち着かず、居心地が悪そうだ。

鴨居の上から、見知らぬ女性の遺影が微笑みかけてくる。歳を重ねて弛んだ頬さえ、優しげに見える人だ。昔ながらの仏壇は大きく煌《きら》びやかで、雑然とした部屋の中でも一段と異彩を放っている。

「落ち着くまで、ゆっくりしていけばいい。どうせ近所なんだから」

開け放した襖の向こうが居間らしく、座椅子に沈み込んだ男性が首を捻《ひね》って話しかけてくる。髪が全白で額は広く、目の下が弛んで脂肪が溜まっている。

年齢は、可南子たちより十ほど上だろうか。見ているわけでもなさそうなのに、テレビのワイドショーがつけっぱなしになっている。

道端で崩れ落ちた可南子は、車に戻ろうにも座った姿勢を維持できそうになかった。そこでペーター少年が「すぐそこなので」と、自宅に来るよう勧めてくれたのだった。

芳美の家からは、徒歩で十分ほどの距離である。表札に出ていた苗字は西荻《にしおぎ》で、ペーター少年の名前は詠人《えいと》という。そしてこの男性が、詠人の祖父らしい。

近所づき合いがあるわけではないが、祖父のほうは芳美が嫁いだ大友家を知っていた。過去になにがあったのか、「あそこの婆さん、気難しかっただろ。苦労したなぁ」と、芳美を労ったものである。

ペーターもとい詠人少年が、「こんなものしかありませんけど」と、茹でたトウモロコシを皿に載せて運んでくる。丸々一本ではなく、輪切りにしたものだ。詠人の祖父はすでに年金暮らしで、自家消費用の畑を趣味にしており、そこで採れた作物らしい。

「やだ、美味しい。甘い！」

勧められて遠慮がちに齧《かじ》った芳美が、口元を押さえて目を丸くする。

「そうだろう」と、祖父は満足げだ。

可南子も食べてみたかったが、人様の家で横になったままかぶりつくのはさすがに行儀が悪い。涙を呑んで我慢した。

このあたりの民家はたいていが、古くて大きな二階家だ。西荻家も例に洩れず、かなり年季が入っている。居間のガラス障子を開けるとすぐに玄関の土間という造りで、どこの戸も開けっ放しのため、庭から頭だけ突っ込んでトウモロコシの皮を食べているヤギの姿も窺える。

　ヤギの名前は「ユキ」という。まさしくアニメのペーターが飼っている、子ヤギの名だ。けれどもオスだから、「ユキくん」なのである。

　詠人の祖父もトウモロコシを齧りながら、食欲旺盛なヤギを横目に見る。詠人は所在なげに、仏間と居間の境あたりに腰を落ち着けた。

「なぁ、詠人。このおばさんたちが、あのヤギ貸してほしいってよ」

「うん、聞こえてた」

「べつにいいよな？」

　詠人が席を外している間に、庭の除草目的でヤギを貸してもらえないかと打診していた。ヤギの世話をしているのは、主に詠人なのだという。本人に、聞いてみないと分からない。

　ユキくんは詠人に懐いているようで、目が合うと嬉しそうに「メェ」と鳴く。飼い主とは、引き離されたくない様子である。

「もちろん、大事なペットなのは分かっています。だからあの、日中だけでもうちでお預かりできないかと」

　横になったままでは格好がつかないが、可南子は両手をすり合わせて頼んだ。

　人様の家に上がり込んでおいて、ペットまで貸してほしいとは、ずいぶん厚かましいお願いである。だがヤギを借りられなければ、今度こそ可南子の腰が死ぬ。

「ペットってわけじゃない。倅《せがれ》が勝手に置いてってたんだ」

　祖父のほうは、ヤギにあまり関心がないようだ。「倅」と口にするときに、つられて顔が大きく歪んだ。

「ヤギカフェを開くとか言ってもらってきてさ、けっきょく面倒見きれずに押しつけてった。そりゃそうだ、あいつんち、マンションだもんな」

　その倅とやらには、よっぽど手を焼いてきたのだろう。事情を知らない可南子たち相手に、憎々しげに吐き捨てる。

　ヤギカフェ？　と、少なからず興味を引かれたけれど、そこを掘り下げると話が長くなりそうだった。

「まったくあいつは、なんでもここに押しつけていきゃいいと思っていやがる」

　詠人は祖父の止まらぬ愚痴を、無関心に聞き流している。十代の頬は驚くほどなめらかで、頑《かたく》なに見えた。

　ヤギを借りるといっても、無料《ただ》でとは考えていない。除草代として、少しばかりは渡すつもりだ。だがこの祖父の前で駄賃の話を持ち出しても、「たかがヤギで」と断られそうな気がした。だから可南子は詠人を見遣り、「どうだろう？」とだけ聞いてみる。

　反応したのは、やはり祖父だった。

「どうもこうも、どうせ学校も行かずに暇してんだからいいだろ。おばさんちまで、ヤギの送り迎えしてやれ」

　詠人は中学二年生だという。そういえば今日は平日だったと、今さらながら気がついた。はじめに詠人を見かけた日も、たしか平日だったはずだ。

「学校、行ってないの？」

芳美はさっきから気になっていたらしく、心持ち膝を進めて尋ねる。

「そう、どうしようもないんだ、こいつは。友達にからかわれたから行きたくないんだとさ。そんな奴らは片っ端からぶん殴ってやりゃいいのに、今の子は弱いねぇ」

この祖父に、悪気はないのだろう。だがデリカシーもないようで、センシティブな問題を豪快に笑い飛ばした。

彼の子供時代ならきっと、それでよかったのだ。でもインターネットの登場などで人間関係が複雑化した現代では、子供社会も生きづらい。そのあたりの理解が、追いついていないようだった。

「まぁ行きたくないってんなら、無理に行くこともないわな。こいつの親父なんか、このくらいの歳には無免許でバイク乗り回してたもんだ。それに比べりゃ、大人しくてやりやすいよ」

最後にフォローのようなものを入れて、祖父はまた一人で笑う。

なにを言われてもこういうものと諦めているのか、詠人の表情は変わらなかった。

中学二年生なら、立派な反抗期。汚い言葉で口答えしたっていいのにと、むしろ心配になってくる。

詠人は祖父を相手にせず、可南子をまっすぐに見てこう言った。

「明日からで、いいですか？」

朝になると、詠人がヤギを引いてやってくる。

近くで見ると、ユキくんは案外大きかった。日本ザーネン種とシバヤギの交雑種とのことで、大型犬ほどのサイズがある。体当たりをされると容易《たやす》く転んで、怪我をしそうだった。ただでさえ、可南子は腰が万全じゃない。ユキくんもまた見知らぬ家に連れてこられて情緒が安定せず、詠人が帰ろうとすると激しく鳴いた。

そんなわけで詠人も日中を芳美の家で過ごし、夕方にはユキくんと共に帰ってゆく。そうするうちにあの祖父が、詠人に畑で採れた野菜を持たせるようになった。不登校の少年を居つかせていいものかと思わなくもなかったが、これで保護者公認になってしまった。

何度か会って話をするうちに、西荻家の家庭事情もうっすらと見えてきた。どうやら祖父が言っていた「ヤギを押しつけてった倅」と、「無免許でバイクを乗り回していた詠人の父親」は、同一人物だったようだ。

詠人と祖父は、二人暮らし。父親は埼玉の大宮《おおみや》市で、別の家庭を持っている。そちらには詠人と半分だけ血の繋がった妹がいるらしいが、会ったことはないという。

なかなか複雑な環境だ。仏間に飾られていた遺影の女性は詠人の祖母で、こちらは三年前に他界している。

母親の記憶は、なにもない。祖父が彼女を毛嫌いしており、話題にのぼることさえなかった。代わりに亡くなった祖母が、詠人に細やかな愛情を注いでくれた。

そのお蔭なのか、詠人は折り目正しい子供だった。脱いだ靴はきちんと揃えるし、挨拶やお礼の言葉も抜かりない。今年の春から学校にはあまり行っていないらしいが、かといって勉強をさぼっているわけではなく、教科書や参考書を携えてきた。

だからたまに、勉強を見てやった。理系科目に不安はあったが、中二の教科書ならどうにか可南子でも教えられた。

若さとは光だと、詠人を見ていると実感した。

古びた家の中にいても、彼の周りはなぜか明るい。そこだけ解像度が違うみたいに、色鮮やかに見えるのだ。

これといってすることのないリタイア後の生活に、こんな異分子が紛れ込んでくるとは思わなかった。

芳美は特に、浮かれている。朝は苦手なはずなのに、詠人が通うようになってからは早起きだ。スナック菓子はもう胃もたれすると言っていたのに、何種類か常備しておくようになった。

「はい、お茶どうぞ」

そう言ってテーブルに置かれるのは、普段使いじゃないロイヤルアルバートのティーカップだ。カーペットに直《じか》に座って数学の問題集を解いていた詠人が、「ありがとうございます」と顔を上げた。

「綺麗なカップですね」

どう考えても中二男子の趣味じゃないバラ柄のカップを褒められて、芳美は嬉しそうに微笑んだ。

彼と過ごす時間が長くなっても、不登校の理由については決して問い詰めないことにしていた。親戚でもないおばさんたちに、プライベートを根掘り葉掘り聞かれるのは嫌だろう。それに可南子や芳美だって、決してクラスに順応していたとは言えない少女時代を過ごしていた。

ダージリンの紅茶に、詠人はミルクを入れて飲む。本場英国ではそれが主流らしく、芳美はますます満足げである。

可南子は「いてて」と腰を庇いながら起き上がり、ストレートのまま飲んだ。そのほうが好みなのだが、芳美には邪道と言われている。

「それにしても本当に、雨が嫌いなのね」

庭にいるユキくんの様子を見るために、縁側に続く引き戸は開けたままだ。午後になってからぽつぽつと雨が降ってきたようで、それを嫌ってユキくんは、軒下で腹這いになっていた。

もともと乾燥地帯の生き物だから、ヤギは雨が苦手らしい。これは大きな誤算だった。なにしろ今は、梅雨である。雨が降ると、ユキくんはまったく軒下から出たがらない。朝から激しく降っていたりすると、「ユキが小屋から出てきません」と、詠人からキャンセルの連絡が入るほどである。

そのせいで、庭の除草はちっとも進まない。詠人は申し訳なさそうに、ティーカップを置いて肩を縮めた。

「すみません。梅雨が明ければ本格的に稼働すると思うんですが」

ユキくんのレンタル料は、一日五百円と決めている。除草ヤギ業者のホームページを見て、ひと月一万五千円の例を参考にしたのである。

ヤギの給料としては、悪くないはずだ。祖父から小遣いをもらっていないという詠人も、そのときはじめて「いいんですか」と、中学生らしい笑顔を見せた。

だがこの調子では、給料泥棒もいいところ。こちらの思惑など素知らぬふりで、ユキくんは眠たそうに雨を眺めている。長い顎髭が好々爺《こうこうや》然として、いまひとつ憎めない顔である。

「まぁいいわ。今後に期待ね」

相手は動物なのだから、しょうがない。思惑どおりにいかないことは、他にもあった。

たとえば味覚。ヤギにも当然、好き嫌いがある。彼らは好きなものを後に残しておこうとは考えないから、好きな草から順番に食べてゆく。ゆえに芝刈り機のような均一な除草は、とても望めない。

それからヤギは雑草だけでなく、木の皮や葉っぱも好物だ。食べられたくないものがあれば、あらかじめ対策をしておかねばならない。

そう聞いて、芳美は「えっ」と顔色を変えたものである。

真っ先に目を遣ったのは、スシさんが植えてくれたという夾竹桃だ。六月上旬ごろから薄桃色の花をつけはじめ、庭の一画を鮮やかに彩っている。花期は長く、九月ごろまで次々に咲くそうだ。

開花を楽しみにしている大事な木を、食い散らかされてはかなわない。そのためリードの長さと繋ぐ場所で、行動範囲を調整していた。

「雨で軒下から出られないから、お腹が空《す》くんじゃないかしら。野菜くずをあげていい？」

ちっとも働こうとしないユキくんに、芳美が情けをかけてやる。料理のたびに出る野菜の皮やヘタを、せっせと溜めているのだ。

台所から持ってきた野菜くずの袋を手に芳美が縁側に近づくと、ユキくんは察して立ち上がり、物欲しげに鳴きはじめる。働かないばかりか食べ物の無心までして、どうしようもない奴である。

でも庭先にヤギがいるという光景は、妙に味があって気に入っている。普段はぼんやりしているくせに、餌を見ると貪欲になるのも面白い。大きなキャベツの外皮も、上下の歯で擂《す》り潰されてみるみるうちになくなってゆく。

のどかすぎて、見ているうちにだんだん眠くなってきた。さっき昼食を終えたばかりだから、なおさらだ。

そういえば詠人が持ってきてくれたトウモロコシ、本当に甘くて美味しかったな。なんてことを考えながら、可南子はとろりと落ちてきた瞼を閉じた。

4

そろそろ梅雨明けが近いのではないかと、期待が高まる七月半ば。

詠人が通ってくるようになり、ちょうど一週間が過ぎたころだった。

その日ついに、芳美が動いた。

どんよりとした曇り空の、けだるい午後だ。雨が止み、エアコンの効いた室内にいても、気温がどんどん上がっているのが感じられる。ユキくんは下草が濡れているのを嫌がって、やはり軒下でさぼっていた。

勉強に取り組んでいた詠人の集中が途切れる頃合いを見計らい、芳美は彼に近づいていった。

「ねぇ、詠人くん。もしよかったら、これ読んでみない？」

そう言って問題集の上にそっと差し出したのは、漫画本だ。八〇年代後半から九〇年代にかけて人気を博した、佐々木倫子《ささきのりこ》先生の『動物のお医者さん』。獣医師を目指す学生たちの日常を、コメディタッチに描いた作品である。

「ええっと――」

急激なアプローチに、詠人は見るからに困惑していた。このヴィクトリアンスタイルの部屋にはじめて案内されたときにも、同じように頬を引きつらせていたものだ。

典型的な日本家屋に突如として現れた西洋アンティーク風の部屋と、その雰囲気を損なって余りある、壁一面の少女漫画。決して口には出さなかったが、えらいところに来てしまったと、強張った表情が物語っていた。

「お勉強の合間に、なんでも好きなものを読んでいいわよ」

実は芳美は初日から、そう言って手に取るように勧めていたのだ。

ところが詠人は少女漫画どころか、漫画自体をあまり読んだことがないという。「はぁ」と生返事をして芳美が読んでいた単行本の表紙に目を遣り、興味がなさそうに勉強をはじめてしまった。

どうやら絵柄が、受けつけなかったようだ。絵のタッチにも、流行《はや》り廃りというものはある。少女漫画なら、まずは瞳の描写だ。上下の睫毛《まつげ》をびっしりと描き込んで、瞳の中に星を飛ばしたものなんて、今ではそうそうお目にかかれない。

鼻筋や顔の輪郭、髪の毛束感に至るまで、時代による変遷があるものだ。中学生の詠人にとって、昔の漫画はよっぽど古臭く感じられたのだろう。

しかし芳美には、手に取られもしなかったことが不満だったらしい。「ちょっとくらい読んでみたっていいのに」と、後で悔しがっていた。

そこで芳美はこの一週間、詠人をじっくりと観察した。この膨大な漫画作品の中から「好きなものを」と言われても、なにを読んでいいか分からなくてあたりまえだ。それならばと、詠人の好みから攻める作戦に出た。

「詠人くんって、動物好きよね？」

見たところユキくんは、詠人にずいぶん懐いている。ヤギとは人間にじゃれつく生き物だったのかと、驚いたほどである。感情をあまり前面に出さない詠人もまた、ユキくんに「構って」と体を擦《こす》りつけられたりすると、朗らかに声を出して笑っていた。

それならばとセレクトしたのが、『動物のお医者さん』というわけだ。

今見れば絵柄は古いのだろうけど、動物が写実的に描かれており、それが表紙になっている。一巻は主人公の飼い犬の、シベリアンハスキーだ。

「一話だけ読んでつまらないと思ったら、やめたっていいんだから」

顔を覗き込んで「ねっ！」と念押しまでして、芳美は詠人に圧力をかける。なぜそこまでと、呆れるほどに必死である。

さて、どうなることやら。可南子はビーズソファに沈んだまま、口を出さずに様子を見守る。

詠人には、負い目があった。肝心のユキくんがバイト代に見合った働きをしない上に、自分も芳美が作った昼ご飯を食べさせてもらっている。そんなに言うなら、漫画くらい読んであげないと申し訳ない。

おそらくそんな心境だったのだろう。詠人は芳美が差し出した漫画に、ついに手を伸ばしてしまった。

誰も言葉を発しない、穏やかな時間が流れてゆく。

聞こえるのは本のページをめくる、紙の音だけ。詠人が時折、ふふっと肩を震わせる。

その度に芳美は込み上げてくる笑みを殺しきれず、読んでいた『星とみかづき』の今月号で顔の下半分を隠す。『動物のお医者さん』は一話完結ものなので、いつでもきりのいいところで本を置けるのだが、詠人は集中して読んでいる。

約一時間後、詠人がようやく顔を上げた。「ふう」と息をつき、本を置く。

その瞬間を狙いすましていたかのごとく、猫脚ソファに座っていた芳美が身を乗り出した。

「どうだった？」

けっきょく一話だけでなく、一巻を通して読んでしまった。詠人は夢から覚めたばかりのように、ぼんやりしている。

「面白かった」

折り目正しい子にしては、敬語を使うのも忘れている。

「人も動物も個性的で、脱力した感じがじわじわと笑えます」

「分かる、あの感じは癖になるよね」

『動物のお医者さん』は、可南子も先日読んだばかり。独特の間に引き込まれて、たちまちのうちに読破してしまった。

「でしょう、面白いのよ。全十二巻。よかったら続きも読んでみて」

芳美は勢い込んで立ち上がり、本棚から残りの巻を抜き出してくる。虎視《こし》眈々《たんたん》と相手の好みを探っていたのに、けっきょく勧めかたが強引だ。

テーブルに積み上げられた漫画本に、詠人は圧倒されたようである。

「これって、最後までこういう感じなんですか？」

「こういう感じって？」

「恋愛に発展したりとか」

「ああ、ないない。この漫画は面白いくらい、恋愛要素がない」

芳美が鼻先で手を振り、否定する。詠人は「そうですか」と、安堵《あんど》したようだった。

おそらく、恋愛系の描写が苦手なのだろう。どうりで芳美に勧められても、少女漫画を手に取らなかったわけである。

近ごろはどうも、恋愛ものを苦手とする若者が多いようだ。いいやきっと、トレンディドラマ全盛期の可南子たちの世代にもいたのだろう。社会が恋愛至上主義に傾いていたせいで、言いだしづらかっただけのことで。

そんな苦手意識を敏感に読み取って、芳美は急に熱弁しはじめた。

「たしかに少女漫画といえば、恋愛ものが多いんだけどね。でもそれだけじゃなくて、実はとっても裾野が広いの。スポーツ、歴史、演劇、お仕事もの、ギャグ、ファンタジー、ＳＦと、なんでもござれ。特に六〇年代から七〇年代の作品は、少女漫画に新たなジャンルを持ち込もうとする作家さんたちの意欲が感じられるのよ！」

目を輝かせ、オタク特有の早口でまくしたてている。どの世代であれ、好きなものについて語るときには箍《たが》が外れるものである。だが興味のない者にとっては、いささか強火すぎる。

詠人も芳美のプレゼンを暑苦しく感じたらしく、首を伸ばして可南子の手元に視線を走らせた。

「可南子さんが、読んでるのは？」

「これ？　大和和紀《やまとわき》先生の『あさきゆめみし』よ」

読んでいた漫画を目の高さに持ち上げて、表紙を見せてやる。男女が身を寄せ合う感傷的なイラストだが、平安装束なのが気になったようだ。

「源氏物語五十四帖《じょう》が、ほぼ忠実に再現されているらしいよ。大手予備校に置かれていたこともあるんだって」

　連載開始が一九七九年の冬からとあって、可南子は読む機会を逃していた。でもこの漫画が、古典の勉強にもなると評判だったことは知っている。

「もっと早くこれが刊行されていれば、私も古文が得意科目になったかもしれないのに」

　芳美のことを笑えやしない。可南子もいつの間にやら勉強熱心な詠人に、学問的アプローチから少女漫画を勧めている。

「そういうの、あるよね！」と、芳美が大喜びで手を叩いた。

「私も『ベルサイユのばら』のお蔭で、フランス史だけやたらと強かったわ」

　こちらはもはや説明するまでもない、フランス革命を題材にした池田理代子先生の名作である。タイトルくらいは耳にしたことがあるようで、詠人も「ああ」と頷いた。

「きょうはベルサイユはたいへんな人ですこと！」

　唐突に、芳美が作中のマリー・アントワネットの台詞を真似る。可南子は反射的に、「ほーっほっほっ」と高笑いをした。

中学時代に、よくやっていた掛け合いだ。可南子の役柄は言わずと知れた、デュ・バリー夫人である。

「さすがタケコ、反応が鈍ってない！」

「んもう、なにやらすのよ」

こんなことを、昔は毎日のようにやっていた。馬鹿馬鹿しくて、お腹を抱えて笑ってしまう。横隔膜の振動が、治りかけの腰に響いた。

詠人はしばらく、意味の分からないことで笑いだしたおばさんたちを、ぽかんとした顔で見守っていた。

だがすぐに、あれにつき合っても無駄と判断したらしい。シャーペンを手に取って、数学の問題集に戻ろうとした。

その前に、視線がテーブルに積み上げられた漫画本に吸い寄せられる。続きを読みたいけどどうしようと、葛藤する心の声が聞こえてきそうだ。

こうなるともう、結果は見えている。まっとうな人間は、自分にこう言い訳をするのだ。

あと一冊だけ。次の巻を読んだら勉強しよう。

詠人はまんまと『動物のお医者さん』の二巻を手に取り、読みはじめる。その様子を見届けて、芳美が控えめにガッツポーズをした。

雨が上がった隙に、ゴッドハンド先生の元に行ってきた。

カーポートの隅に長年放置されていた自転車は、油を差してもギーギーと不穏な音がする。ペダルも重く、行きは難儀したのだが、先生の施術のお蔭で腰の痛みがだいぶ取れた。この調子ならもう大丈夫との、お墨つきまでいただいている。

痛みがない体というのは、素晴らしい。まさに健康第一だ。

あたりまえに使ってきた言葉が、近ごろますます身に染みる。いくつまで生きられるか分からないが、大事なのは健康寿命だ。人は寝つくと、あっという間に老けてしまう。

さて、なにか買っておくものはなかったかな。

最寄りのスーパーが見えてきて、可南子は頭の中の買い物リストを開いてみる。日用品も食料も、充分な買い置きがあったはずだ。三時のおやつも、芳美が甘いのから辛いのまで買い揃えている。

詠人くんに出すコーラが、もうなかったかも。

芳美と二人なら、まず買わない二リットルのコーラ。しかもカロリーオフじゃない、ノーマルタイプだ。

詠人の存在に浮かれているのは、どうやら芳美ばかりではないらしい。

ペダルを漕《こ》ぎながら、苦笑する。子供がほしいとも思わずにこの歳まで生きてしまったけど、詠人を見ていると選ばなかったほうの人生に思いを馳《は》せてしまう。

万が一私に子供がいても、あんないい子じゃなかったかもしれないけどね。

詠人は万事控えめで、同じ空間で過ごしていても、少しもうるささを感じなかった。世間の十四歳とは、そういうものか。いやたぶん、違うと思う。

大人しいというよりも、あれは息を潜めているのだ。彼の礼儀正しさも、もしかすると不用意に攻撃されないための鎧《よろい》なのかもしれない。

なにせ彼の祖父は、口さがない。よく言えば豪胆で悪い人ではないのだけれど、繊細な詠人とは合わないだろう。

一度だけ芳美が「お祖父さんとは喧嘩したりしないの？」と家族仲を探ってみたものの、詠人は「祖父には面倒を見てもらっているので」と答えただけだった。

学校に行けず、家にもあまり居場所がなく、それでもグレたりしていないのは、詠人本来の資質によるものだろう。彼は人と衝突するよりも、内に籠ることを選ぶのだ。

ぽつりと頬に、冷たいものが落ちてきた。それを皮切りに、露出した肌の上で雨粒が弾ける。

「わっ、ちょっと待って」

スーパーに寄り道しようと思っていたが、その間に本降りになってはかなわない。可南子はペダルを漕ぐ足を速めた。

畑の土のにおいが濃くなって、鼻先に迫ってくる。

少しばかり肥料臭いが、不快ではないにおいだ。雨がひどくならないうちに、どうにか芳美の家に帰り着けた。

灰色のブロック塀からこぼれるように、夾竹桃が咲き誇っている。その花の下に、女性が一人佇んでいた。

お客さんかなと思いつつ、彼女の手前で自転車を停めた。ブレーキ音が大袈裟に響き、薄桃色の花を見上げていた女性がはっと息を呑む。

可南子よりも、歳は少し上だろうか。幸薄い印象の人だった。白髪の目立つ髪には艶がなく、着ているものも部屋着だろう。健康サンダルを履いているが、あまり健康そうには見えなかった。雨が降っているのに傘を持っておらず、慌てている様子もない。

「あの、うちになにか？」

不審に思い、声をかけてみる。女はなにかを取り繕うような、曖昧な笑みを浮かべただけだった。

申し訳程度に、会釈をして去ってゆく。その後ろ姿を、可南子は首を傾げて見送った。

なんだったのかしら。

もしや、認知症だろうか。そこまでの高齢には見えなかったが、こういうものには個人差がある。自宅まで無事に帰れるだろうか。

心配になってしばらく見守ってみたが、女の足取りは案外しっかりしていた。

そうこうするうちに、雨が本降りになってしまった。可南子は急いで、カーポートに避難する。

大粒の雨を喜んで、庭のどこかでカエルが鳴いている。これはしばらく、止みそうにない。

さて、どうしたものか。ここからなら玄関に回るより、縁側から入ったほうが早い。

自転車に施錠をして、覚悟を決めた。可南子は無意識に腰を庇いつつ、緑鮮やかな庭を突っ切ってゆく。

縁側のサッシ窓越しに、並んでシャインマスカットを食べている芳美と詠人の姿が見えた。その手前の軒下では、ヤギのユキくんが相も変わらず職務放棄を決め込んでいる。

あのヤギめ。と胸の中で毒づいたら、なにを感じたのかユキくんが首だけでこちらを振り返った。顎髭を震わせて、抗議するようにメエェェェと鳴く。

声につられて芳美と詠人が顔を上げた。可南子を待たずにおやつを始めてしまったのが気まずいのだろう。苦笑いで手を振ってくる。

時空が歪んだような、妙なズレを感じたのはそのときだった。大粒の雨と草木のにおい、そして憩いの場の縁側。なにもかもが懐かしく、胸に迫ってくる。

縁側のある家に暮らすのは、ここがはじめてだというのに。もうずっと前からこうやって誰かの帰りを迎えたり、迎えられたりしているように思えた。

コラムの仕事、受けてみようかな。

なにを書いていいか分からなくてしばらく保留にしていたけれど、すとんとピースが嵌まった気がした。なにも大きな出来事などなくていいのだ。些細な日常の寄せ集めが雨粒のように輝いて、ひょっとすると誰かの心を軽くすることもあるかもしれない。

まずはちっとも働かない、ヤギのことを書いてみようか。

ユキくんが立ち上がり、メエメエと鳴きながらフンを落としている。あれを栄養にして、むしろ草が茂ってしまうんじゃなかろうか。

馬鹿馬鹿しい日常が愛《いと》おしく、可南子はずぶ濡れになって笑った。

5

夏休みの宿題は、七月のうちに終えてしまうタイプだった。

そうしておくと残りの八月は、誰にはばかることなく思いっきり遊べる。定年退職後の暮らしはその八月が、ずっと続くようなものかもしれない。

朝起きると私はお気に入りのドリッパーでコーヒーを点《た》て、まっさらな一日の予定を考える。近くには銀座《ぎんざ》も青山もない。するべきことも特にない。十年前の私なら、物足りなくて叫びだしていただろう。けれども今は光が跳ねる庭を眺めながらぼんやりと過ごすのも、決して苦痛ではないのだ。

窓ガラス越しに、カヤツリグサが揺れている。子供のころはこれを「線香花火の草」と呼んで手に持って振り回していたものだけど、さすがに今はそんな遊びをする気になれない。でもそうだ、あの草で、リースを作ってみてはどうだろう。

お金なんて、かけなくていい。どこにでも生えている雑草が、見せかた一つでお洒落になる。家の中でも常にグリーンを切らさないよう、私は常に工夫をして——。

「はい、うそー！」

パソコンのキーを叩き、つっかえながらも文章を書き綴っていたら、芳美が背後からのしかかってきた。可南子の肩に顎を乗せ、液晶画面を覗き込んでいる。

『素敵百貨』で連載することになった、コラムの下書きである。「やります」と引き受けてはみたものの、いざとなると文章がスムーズに出てこない。そこで女性誌を何冊か買って、掲載されているコラムを読みあさってみたのだけれど。

「なんなのよ、カヤツリグサのリースって。そんなの見たことも聞いたこともないんだけど」

「雑誌で読んで、つい――」

決まり悪く肩をすくめ、可南子は傍らに置いてあった雑誌を引き寄せる。『ていねいな暮らし』は中高年女性向けのライフスタイルマガジンである。付箋を貼ったページでは、田舎に移住した元商社勤務の女性の、ゆったりスローライフが紹介されていた。

「つい、じゃないわよ。嘘ついちゃ駄目でしょ」

「でもファッション誌の読者ってけっきょくこんな感じの、ちょっとした工夫でキラキラ生きてる人に憧れたいんじゃないかと思って」

「諦めなさい。ここでの暮らしにキラキラ要素なんかないんだから」

「不安なのよ。ありのままを書いても誰からも喜ばれないんじゃないかって、不安なのぉ」

床に直接座っていた可南子は、投げ出した足をバタバタさせて駄々をこねた。

考えれば考えるほど、等身大の自分のなにが面白いのか分からなくなる。もしかすると元ファッションプレスという肩書きから、お洒落で充実したミニマムな暮らしを求められているのかもしれない。

けれども可南子は庭のハーブを摘《つ》んでさりげない料理を作ったりしないし、それをお気に入りの染付の皿に品よく盛りつけたりもしない。味噌《みそ》や保存食の手作りも、近所の人を招いてのホームパーティーも、趣味のパッチワークなんかとも無縁なのだ。

八月も半ばになろうというのに真っ白な肌をして、エアコンの効いた室内でだらだらと過ごしている毎日に、需要があるとは思えなかった。

「んもう。だったらせめて、カヤツリグサのリース作りくらいチャレンジしてみなさいよ」

「カヤツリグサって、どの草？」

「なによ、それすら知らないの？」

芳美が両手を腰に当て、呆れたようにため息をつく。ビーズソファに座って読書感想文用の本を読んでいた詠人が、「それなら」と顔を上げた。

「僕が取ってきますよ。ユキの好物なんで、分かります」

庭を見遣ればヤギのユキくんは、今日も軒下で涼んでいる。どうやら雨だけでなく夏の暑さにも弱いようで、梅雨が明けてからも日中はほとんど稼働しない。

「もう少し涼しくなれば動くと思うんですが」と言いながら、けっきょく詠人が庭の草を刈ってユキくんに与えている。一日五百円の除草費用は、詠人の労働に支払われているようなものだった。

名前を呼ばれたのが聞こえたわけでもなかろうに、こちらに後頭部を向けているユキくんの耳がぴくりと震える。庭先にヤギが寝そべっている光景にも、すっかり慣れた。なにしろ学生は夏休みの真っ只中なのだ。不登校の後ろめたさを感じる必要もなく、詠人はほぼ毎日ユキくんを連れてやってくる。

エアコンの電気代がもったいないから、ヴィクトリアンスタイルの部屋に集まって三人で過ごすのがあたりまえになった。その空気感が心地よくて、たまに男子中学生が交じっていることを忘れてしまう。詠人も同じ気持ちで、寛《くつろ》げているといいのだけれど。

妙に気を遣って、今も雑草を取りに灼熱《しゃくねつ》の屋外に出ようとしている。そんな詠人を、芳美がさりげなく呼び止めた。

「待って。リース作りには土台になる輪っかと、リース用のワイヤーが必要みたいよ」

自分のスマホが珍しく、手の届くところにあったらしい。ネットを開き、リースの作りかたを調べている。そのへんの雑草を、束ねて終わりではないようだ。

「だから今、ポチったわ。届いたら作りましょうね」

「えっ、なんで！」

本音を言えばリースなんて、作りたくもなかった。絶叫する可南子に購入完了の画面を見せて、芳美はにやにやと笑っている。

これは、わざとに違いない。可南子の手先が不器用なことを、彼女はよく知っている。

「違うから、コラムのネタになればいいだけだから。だからほら、ホームパーティーにしよう。ハーブのサラダなんか作っちゃったりしてさ」

「どうしてそう、無理にキラキラしようとするのよ。そもそも誰を呼ぶの」

「ええっと、中学時代の子たちとか」

「この部屋に？　冗談よしてよ」

壁一面の本棚を指して、芳美はオーバーなくらい首を振った。

趣味に生きる彼女でも、中学時代の友人には少女漫画に埋め尽くされたこの部屋を見られたくはないようだ。思春期に慣れ親しんだ、羞恥心がよみがえってくるという。いわゆる「オタバレしたくない」というやつだ。

「コラムのネタのために、私を巻き込むのはやめて。パーティーなんてしません、絶対に！」

本当にただの冗談だったのに、芳美の拒絶反応は凄まじい。「ごめんね」と謝っても、そっぽを向かれてしまった。

　そのまま芳美は猫脚ソファに座り直し、なにごともなかったかのように漫画を読みはじめた。本日のセレクトは山岸《やまぎし》涼子《りょうこ》先生の『アラベスク』。旧ソビエトを舞台にした、本格バレエ漫画である。

　読む体勢に入ったということは、これ以上会話を続ける気がないのだろう。

　可南子はなにも言わずに、パソコンの電源を落とした。書きかけの原稿は保存していないけど、幸い締め切りには余裕がある。仕切り直しが必要だった。

　重苦しい沈黙の中、詠人は波風を立てないように、じっと気配を殺している。それが彼の、処世術なのだろう。

「僕、出ますね」

　気を遣わせて申し訳ないと思っていたら、ちょうどインターフォンが鳴った。

　すかさず詠人が立ち上がる。この中では一番身軽なので、いつの間にか来客対応係になっている。

　エアコンの冷気を逃さないよう引き戸をしっかりと閉めて行ったので、玄関でのやり取りはあまり聞こえない。しばらくして詠人が、段ボール箱を水平に抱えて戻ってきた。

「冷凍ケーキらしいです。これって、どうしたらいいですか？」

「ケーキ？」

　ページをめくる手を止めて、芳美が訝しげに顔を上げる。

「タケコが頼んだの？」

「うん。よっさん、お誕生日おめでとう」

今日は八月十二日。芳美もついに、還暦だ。

「あっ！」

すっかり忘れていたらしく、芳美は大きく口を開けた。読みかけの漫画を脇に置き、焦ったように立ち上がる。

「やだ、ごめん。もしかしてそれで、パーティーがどうこう言ってた？」

サプライズというのは、難しい。今日の主役に、謝ってほしくなどなかったのに。

「ねぇそのケーキ、ちょっと開けてみて」

まだ凍っているから食べられないが、ケーキにはちょっとした仕掛けがある。

宅配の段ボールにはご丁寧にも、ケーキの絵が描かれていた。その中に内箱があり、ある程度の衝撃には耐えられる作りになっているようだ。

芳美は内箱をテーブルに置き、ケーキが載ったトレイを慎重に引き出してゆく。

色とりどりのフルーツで飾られた、ホールケーキ。芳美の写真がプリントされたチョコプレートが、中央に鎮座している。

「なにこれ、悪趣味！」

可南子がスマホで撮った、ユキくんと共に歯を剝き出しにして笑っている芳美である。

狙いどおり芳美は嫌そうに顔をしかめ、それから腹を抱えて笑いだした。

適当に千切って盛るだけの、ハーブと生ハムのサラダ。焼いたズッキーニで厚切りベーコンを挟んだピンチョス。カマンベールチーズをそのままホットプレートに載せて、溶かしながら食べるチーズフォンデュ。

料理が不得手な可南子なりに、簡単で見栄えがするものを作り、夕方の早い時間に乾杯をした。

「はじめて食べました」と詠人がチーズフォンデュを喜んで、カマンベールチーズはけっきょく三個も溶かす羽目になった。

十四歳の健やかな食欲は、見ているだけでも気持ちがいい。三人で食べるには大きすぎると思われたホールケーキも、「芳美さんの顔がついてると食べづらいです」と言いながら、半分以上平らげた。

それでもケロリとした顔で、ユキくんを連れて帰っていったのだから、若さというのは素晴らしい。可南子の胃の中では、チーズと生クリームの脂肪分が大暴れしている。

「ううう、苦しい。もうワインしか入らない」

どういう理屈だか知らないが、芳美は腹回りを撫でながら、赤ワインをグラスに注いでいる。満腹だと言いながら、つまみに枝つきレーズンまで出してきた。

可南子もつき合うことにして、空になったグラスを差し出す。今日はこのままだらだら飲んで、風呂にも入らず寝てしまいそうだ。

「明日は粗食ね」と、芳美が笑う。

「あ、違うか。タケコは前橋だったね」

「うん。でも夕方には帰るよ」

明日十三日は、盆の入り。老母に顔くらいは見せておかないと、後でうるさい。長居しても気が滅入るし、弟夫婦に気を遣わせるだけだから、さっと行って戻ってくるつもりだった。

「夏美ちゃんと敦司くんは、帰ってこないの？」

「ええ、年明けと同じ理由でね。孫たちを連れてこられても疲れるから、ちょうどいいわ」

強がりのようにも聞こえるが、半分くらいは本心だろう。

孫たちが来るとなれば、空き部屋の掃除に布団干し、料理の下拵《したごしら》えと、大忙しになってしまう。自堕落に過ごしたい芳美にとっては、面倒な話である。

「タケコは偉いね、お母さんにちゃんと会いに行って」

「偉いったって、ほんの数時間よ。申し訳ないけど、泊まりがけは無理だわ」

「そうね、親子といっても疲れるわよね」

そう言って、芳美はアルコールの入ったとろりとした目で微笑んだ。

母親の立場であっても、そんなふうに感じるものだろうか。たとえば可南子の母親は、年に二度しか顔を出さない娘を愛想がないと詰《なじ》ってくる。

「でもほら、孫は可愛いってよく言うじゃない」

「そりゃあ、外で会うぶんには可愛いわよ。でも自分のテリトリーは荒らされたくないの」

レーズンをぷちぷちと枝から外し、三つまとめて口に入れる。それから芳美は、苦々しげに顔をしかめた。

「特に夏美がうるさいのよ。ジュースは飲ませちゃ駄目とか、勝手におやつを与えるなとか、そのアニメは残酷描写があるから見せないでとか。漫画も駄目ね。はまると私みたいなぐうたらになると思ってるのよ」

夏美とは連絡先を交換した後しばらくはメッセージのやり取りをしていたが、特に報告するべきこともないので、近ごろご無沙汰になっている。

ケーキを切る前に写真を撮って、送ってあげればよかった。夏美も敦司も、母親が今日還暦を迎えたことに気づいていないのではないか。お祝いの電話なりメールなりが来ていれば、芳美だって自分の誕生日を覚えていたはずだ。

可南子でさえ母親の還暦祝いには、ささやかな贈り物をした。忙しくても、距離を取ることにしていても、メールの一本くらいはあってもいいんじゃないかと、胸の中がもやもやする。

「ねぇ、タケコはなにか、親に禁止されていたことってある？」

テーブルに頬杖《ほおづえ》をついて、芳美が身を乗り出してくる。

考えるまでもなく、可南子は「ある」と即答していた。

「私たちが子供のころってほら、公園に紙芝居のおじさんが来てたじゃない。そこの食べ物は、買っちゃ駄目って言われてた。不衛生だからって」

紙芝居屋と言ったって、今の子はピンとこないだろう。紙芝居の枠と木製の抽斗《ひきだし》を自転車に載せて、夕暮れ時の公園にやって来たおじさんだ。

客寄せの拍子木が鳴るとはじまりの合図で、子供たちは我先にとその周りに集まっていった。紙芝居を楽しみながら食べるのは、水飴《みずあめ》にソースせんべい、それから梅ジャム。特に人気だったのはソースせんべいに焼きそばを挟んだもので、母親に禁止されていた可南子にとっては憧れの食べ物だった。

「子供って妙に律儀だからさ、こっそり買っちゃえばよかったのに、我慢してた。なにも買わずに見てると、おじさんに『タダ見は駄目』って追い払われるの。あれは悲しかったな」

　話しているうちに当時の悲しみがよみがえり、眉間に力が入ってしまう。そんな可南子に、芳美は「ほらね」と人差し指を突きつけた。

「それからもう半世紀くらい経ってるのに、遺恨があるでしょ。子供時代に制限されていたことって、尾を引くのよ」

　それは言えている。禁止されていなければソース焼きそばせんべいなんてそんなに魅力的なものではなかったろうし、紙芝居の『黄金バット』は可南子の世代でも古かった。

　それなのに放課後のひととき、「紙芝居のおじさんだ！」と声を上げてあの輪の中に駆けて行けなかったことを、ずっと悔やんでいる自分がいる。なぜかそこだけ子供のまま、消化できていないのだ。

「夏美もね、もう少し肩の力が抜けるといいんだけど。あの子は頑張りすぎるのよね」

　と、芳美は脱力しきった顔で言う。

　どこかで聞いた話である。いい嫁、いい母であろうとして、頑張りすぎていた人を可南子は知っている。

「よっさんも昔は、躾に厳しかったんでしょ。夏美ちゃんから聞いたよ」

　ワイングラスに伸ばそうとしていた芳美の手が、ふと止まる。娘の育児姿勢を通して、当時の自分を振り返っているのだろうか。真顔のまま、なにかを考え込んでいる。

　芳美と夏美は、もともとよく似ているのだ。だから反発も、二倍になる。それならなにかのきっかけで、分かり合えることだってあるんじゃなかろうか。

「人の親になるって、やっかいね」

可南子が言動を見守る中、芳美はそう呟いて、グラスに残っていたワインを飲み干した。

6

親なんて、いくつになってもうまくあしらえないものだ。

弟夫婦が気を利かせてランチに取ってくれた寿司《すし》をつまみながら、可南子はあらためてそう思う。長テーブルの向かいの席では、年老いた母が小皿に醤油《しょうゆ》を注ぎ足している。

寿司ネタの表面に、満遍なく醤油がついていないと嫌な人だ。いったんシャリから外して醤油皿にべたりと浸すものだから、消費が激しい。血圧が心配だけど、この食べかたはいくら注意しても直らない。

「だからね、あなたも登録したらいいと思うのよ。今はなに、ほら、スマホ？　あれで簡単にできるでしょ」

そう言って、醤油まみれのイカの握りを口に含む。歯が弱くなっているから、イカの弾力に難儀しているようだ。静かになった隙に、可南子は血が昇りがちなこめかみを揉む。

すでに仏壇に線香をあげたし、弟の運転で墓参りも済ませた。あとはほどよく母親のご機嫌取りをして、帰るだけだったのだが。

数日前にテレビでシニア向けの結婚相談所の特集を見たらしく、母親はメモまで取って待ち構えていた。そして居間に腰を落ち着けたタイミングで、今だとばかりに切りだした。

彼女はなにがなんでも、娘が独り身のまま人生の幕を閉じるのを阻止したいらしい。

渡されたメモは、新聞広告の裏に走り書きされていた。結婚相談所の名前と、『人生百年時代』という聞き飽きたフレーズ。それから『六十歳女性の平均余命は二十九・二八年！』という数字が、目立つように二重丸で囲まれている。

こうして可視化されてしまうと、残り時間はたしかに長い。もちろんもっと早くに死ぬかもしれないし、これより長生きする可能性もあるのだが、今はやっと人生の、三分の二ほどの地点というわけだ。

ちなみに母のメモによると、昭和二十二年当時の平均寿命は、女性で五十三・九六歳だったらしい。三分の二だと、だいたい三十六歳くらいだ。

「ね、そう考えるとあなた、本当にまだまだ若いのよ」などと力説されたが、時代性を考慮に入れても、三十六歳と六十歳は大違いだと思う。

「あと三十年もあると思えば、今から伴侶を求めてもおかしくはないでしょう。この先どんどん体も衰えていくんだから、身元のたしかな人と一緒になって、支えてもらったほうが安心よ。芳美ちゃんちにも、いつまでいられるか分からないんだから」

口の中のイカをどうにか飲み込んで、母親のお喋りが息を吹き返した。

弟夫婦はよけいなことは言うまいとばかりに、黙々と寿司を食べている。

可南子もそんなふうに聞き流してしまえばいいのだろうが、母に意見されると、自分でも驚くほど胸がざわつく。

還暦を迎えようと可南子は母にとって、いつまでも気がかりな娘に違いない。その心配を「ありがたい」と受け止められるほどには、人間ができていないのだ。

「そんなこと、小さな子供だって知ってるわよ。お友達とどれだけ楽しく遊んでも、帰るのは家族のところでしょ。今はまだお互いに健康だからいいけど、病気でもしてごらんなさいな。そりゃあね、芳美ちゃんはいいわよ。立派なお子さんたちがいるんだから、面倒を見てもらえるわ。でもね、あなたはどうなの。芳美ちゃんが、死に水まで取ってくれると思ってるの？」

口の達者な母である。これならまだ当分は、認知症の心配はないだろう。

この調子で幼いころから、独善的な主張を浴びせられてきた。長年蓄積されたイライラは、わずかなきっかけですぐにあふれ出てしまう。

「べつに芳美に介護させるつもりなんかないよ。そのときがきたら貯金をはたいて、介護つきの有料老人ホームに入るから」

言い返すとかえって面倒なことになると分かっているのに、どうしても抑えが利かない。口調まで反抗期のようだ。大人になって培ってきた、社会性はどこに行ってしまったのか。

聞き分けのない子供の相手をするように、母親は大仰にため息をついた。

「嫌ねぇ、またそんなこと言って。なんでもお金お金って、心が貧しい証拠よ」

「そっちこそなに言ってるの。最後に頼れるのはお金に決まってる。だいたい私にはね、男を見る目がないの。今さら変な男に引っかかって苦労するくらいなら、一人でいたほうが遥かにまし！」

「だからこそ、結婚相談所で身元のたしかな人を――」

「そんなところ、どうせ介護要員目当ての男ばっかりよ。知り合って数年で寝つかれても、甲斐甲斐しく下の世話をしろってわけ？　冗談じゃないわ」

「どうしてあなたって、そうやってマイナスなことにばかり目が行くのよ」

「お母さんこそ、どうしてリスクに目を向けないの。しょせん他人事と思ってるの？」

口が達者なのは、母親譲り。言い合いになるとつい、ヒートアップしてしまう。

母親の瞳が鈍く揺らいだのを見て、言いすぎたと後悔した。

「ひどい。私はあなたのためを思って言ってるのよ」

それこそ大きなお世話なのだが、涙ぐんでいる老人を相手に、これ以上強くは出られない。

あらためて見ると、母親は本当に歳を取った。身綺麗にしてはいるけど、皺んで縮んでひと回り小さくなった。

こんな年寄りを相手に、むきにならなくてもよかったのに。自責の念がむくむくと、群雲《むらくも》のように湧いてくる。

「姉さん」

傍観を決め込んでいた弟が、急に母の肩を持つ。そりゃあそうだ。年寄りを虐《いじ》めてはいけない。

「ごめん。だけどもう、私のことは気にしないで」

謝るだけでよかったのに、またよけいなことを言ってしまった。

母はもう言い返してこず、魚の脂が浮いた醤油皿をじっと見つめている。私は傷つきましたというアピールだ。

こうなるともう、彼女の気が済むまでそっとしておくしかない。なにかと気の利く弟嫁の寛子《ひろこ》が、リモコンを引き寄せてテレビをつけた。

少しの間を置いて、画面いっぱいに東名高速の帰省ラッシュの様子が映し出される。毎年のことだからこうなるのは分かっているのに、それでも人は移動をやめようとはしない。

食欲はすでに失せていたが、弟夫婦に申し訳なくて、マグロの寿司に箸を伸ばす。

そういえば子供のころは、食事中のテレビも禁止だったな。

そんなことを、ふと思い出した。


車のラジオから、『カントリーロード』が流れている。

赤いゴルフは赤城山を背にし、県道をまっすぐに南下してゆく。

芳美は日除けのアームカバーを着けた手でハンドルを握り、「なるほどね」と頷いた。

「おばさん、相変わらずね。ちょっと押しつけがましいところが」

「ちょっとどころじゃないよ」

可南子は助手席のシートに頭を預け、嘆息を洩らす。芳美の愛車のやや埃っぽいにおいのほうが、実家の甘ったるい芳香剤の香りよりも安心できた。

夕方には帰ると言っておきながら、まだ二時過ぎだ。寿司を食べて後片づけを終えたら、そそくさと帰ってきてしまった。あれ以上だんまりを決め込む母親と、テレビを見ているなんて耐えられなかった。

「寛子さんには、後で謝っておかないとな。変な空気にしちゃって、申し訳ない」

ただでさえ、あのお節介な母との同居で苦労をかけているのだ。実の娘からすると彼女には、多大な負い目があった。

「いいんじゃない、べつに。それだけの経済的援助はしてもらってるんだから」

「それはまぁ、そうだけどさ」

芳美は前を向いたまま、気にすることはないと返す。

両親と同居した弟夫婦は、金銭的には優遇されている。実家の建て替えも、甥姪《おいめい》の大学進学も、親の援助なしには厳しかったことだろう。今の家だって相続するのは弟なのだから、それを考えれば母のことは、任せっきりでもいいのかもしれない。

「でもやっぱり寛子さんと母は他人なんだから、申し訳ないと思っちゃうよ」

「そう？　他人のほうが割り切れるところもあるけどね」

義理の両親の介護をし、見送った芳美には、可南子とは別の考えがあるようだ。

「実の親が少しずつ衰えてゆくのを、スシさんは辛くて見ていられなかったみたい。でも私はそういうもんだと思って介護してたわ。体はキツかったし精神的にも追い詰められるけど、そういう情の部分が揺るがないのは楽よ」

「ああ、たしかにそういう一面はあるかもね」

車は市内を横断する、広瀬川《ひろせがわ》を渡ってゆく。早めに帰ってきちゃったと連絡すると、芳美はすぐ迎えに来てくれた。彼女の第一声は、「お疲れ様」だった。

芳美の両親はすでに他界しているから、実の親との軋轢《あつれき》はもうない。彼らの面倒も、けっきょく兄嫁任せになってしまったそうだ。

買うべきものは特にないようで、車は最寄りのスーパーの前を素通りしてゆく。県道から脇道へと逸れたところで、芳美は車をいったん脇に寄せた。

「はい、ここからはタケコ」

「うっ。頑張ります」

交通量の多い通りはまだ危ないから、近ごろはこうやって、家の近所で運転の練習をしている。はじめのころは「ブレーキングが怖い」「一時停止ちゃんと守って」「内輪差って分かる？」などと、注意をされっぱなしだった。でも今は、少しずつ慣れてきたのではないかと思っている。

いったん外に出て座席を替わり、シートベルトを締めてから慎重に車を発進させる。注意深く周りを見ようとするあまり、身を乗り出してハンドルに齧りつく格好になってしまう。

「リラックス、リラックス」と言われながら、可南子は手のひらに滲み出てきた汗をスカートの膝で拭いた。

「ちなみに私は、タケコの介護をしたっていいわよ」

「えっ！」

運転が安定してきたところで、芳美が爆弾発言を投下した。そのせいで、危うくハンドル操作を誤りそうになる。

「ちょっと、危ない。落ち着いて」

「だって、よっさんが変なこと言うから」

芳美に死に水まで取ってもらうつもりかという、母親の愚痴へのアンサーなのだろう。聞き流してくれたと思っていたのに、心に引っかかっていたようだ。

「変じゃないわよ。経験とノウハウはあるから、任せて」

「でも私たち同い年なんだから、老老介護になるよ。五十代でも整骨院通いが欠かせないほどしんどかったんでしょ。八十九十でそんなことできる？」

「しまった。自分の老いを考慮していなかった」

「ほらね。それによっさんのほうが、先に要介護になるかもしれないよ」

喋っているうちに、アクセルを踏み込みすぎていた。他に車や通行人がいなかったのが救いだ。

「そうなるとさすがに、子供たちが出しゃばってくるかしら」

「言いかたが悪いなぁ、もう」

芳美が要介護になったなら、夏美と敦司がしかるべき対処をするのだろう。この共同生活も、それで終わり。母親が言うように、可南子はまた一人になるのだ。

それはそれで、自分で選んだ結果なのだから受け入れる。あとはせいぜい情報を集め、条件の合う介護つき有料老人ホームを見つけるのみだ。

「でも私はこれからの時代、子供に介護を託すのはもう、無理があると思うのよね」

重たげに垂れ下がった稲穂の上を、赤トンボが横切ってゆく。それを目で追いながら、芳美が言う。

「少子化で、所得が上がらなくて、税金も高い。親に回せるお金なんかないけど、介護サービスも削られて、行政だって当てにならない。そうなるともう、老人同士の共助でどうにかやってくしかないんじゃない？」

「子供がいても、そういうことって考えるんだね」

「いるからこそ、なるべく負担になりたくないのよ」

それもそうか。子供に面倒を見てもらうのがあたりまえだった、昔の世代とは価値観が違う。

自分の始末はできるだけ自分でつけたいという思いは、子供がいるいないに関わらない。

「とはいえ私たちもべつに、お金が潤沢にあるわけじゃないでしょう。施設に入るといっても、私の年金じゃギリギリ払えるかどうかよ。タケコはどう？」

「私もなるべく、安いところを選ぶしかないかな」

遺族年金を受け取っている芳美とは違い、可南子の年金受給は六十五歳から。今は現役時代の貯金を切り崩している状態だ。金融庁の試算によると老後の資金として二千万円が必要らしいが、とても足りない。今後のお金の問題を考えると、憂鬱な気分になってしまう。

「なるほど、それで共助ね」

「そう。まだ少し、先のことだとは思うけどね」

「あと十年くらいは、猶予があるかな」

「事故って猶予を縮めないでね」

「縁起でもないこと言わないで」

可南子は口をへの字にして、ハンドルを握り直す。とにかく気を引き締めないと。怪我や病気は、金を食う。万が一にも事故を起こすわけにいかない。

この先は、緩やかなカーブになっている。速度を落とし、ゆっくり道なりに曲がると、畑の中にぽつんと建つ一軒家が見えてきた。

熱されたアスファルトから陽炎が立ちのぼり、景色が少し歪んで見える。まるでピントが合っていない写真のようで、現実感が曖昧だ。

ブロック塀からこぼれ咲く夾竹桃だけが色鮮やかで、その下に、くたびれた感じの女性が立っていた。

「また、あの人」

以前もああやって、夾竹桃の花を見上げていた。いったいなにがしたいのかと、眉間につい皺が寄る。

「ああ、あの人なら私も見かけたことがある」

「ご近所さん？」

「さぁ、知らない」

近所づき合いをろくにしない、芳美に聞いたのが間違いだった。

車が最徐行で近づいているのに、女性は花に気を取られたままである。ほつれたまとめ髪に、ネグリジェのようなワンピース。足元はやはり健康サンダルだ。

可南子は女性が右手に持っているものに気づき、ぎょっとする。ニッパー式の、剪定用のハサミである。

女性はそれを頭上に持ち上げると、手の届く範囲の枝を左手で支え、ひと思いに切り取った。

「よし、現行犯。車を止めて」

指示通りにブレーキを踏むと、芳美が素早くシートベルトを外し、ドアを開ける。その瞬間にむわっとした外気と蟬《せみ》の大音量が、暴力的なまでに車内に流れ込んできた。

7

赤ワインの空き瓶に、夾竹桃が活《い》けられている。

日の光を受けて咲いていたときよりは、花の色がくすんで見える。先端が重たいらしく、萎《しお》れたようにお辞儀をしていた。

マホガニー色のテーブルを挟み、カーペットに直接正座している女性もまた、不安そうにうつむいている。震える手を膝の上で握り、蚊の鳴くような声で「申し訳ありませんでした」と謝罪した。

「べつに、責めてるわけじゃないんだけどね」

女性の恐縮ぶりに、芳美も困惑している。オットマンを勧めても使ってくれず、ソファから見下ろす可南子たちがまるで悪役のようである。

面倒な気配を察したのか、留守番をしていた詠人は入れ替わりに外へ出て、蝉時雨の降る庭でせっせと草を刈っている。ユキくんは相変わらず軒下から出ようとせずに、詠人が運んでくる雑草の束を待ち受けていた。

名前を聞くと、女性は微かな声で畑中《はたなか》香織《かおり》と名乗った。住まいは同じ町内で、散歩中に夾竹桃の花を見つけて気になっていたという。

「ほんの出来心だったんです。すみません」

警察に突き出すつもりはないのだが、香織さんは哀れなほど怯《おび》えている。白いワンピースの胸元には、醤油らしい食べこぼしのシミが広がっていた。

　やつれてはいるが、よく見れば上品な顔立ちである。だが服装と卑屈な態度が、彼女の美点を損なっている。

「うちの夾竹桃は、毎年咲きますよ。近所に住んでいるのに、やっと気づいたの？」

　相手を怯えさせないよう、芳美がゆったりとした口調で尋ねた。それでも香織さんは、おどおどと視線を彷徨わせている。

「この春に、息子夫婦の家に越してきたもので」

「そうですか。以前はどちらに？」

「駅前で、夫と花屋をしておりました」

「ああ。だからそういう、剪定用のハサミをお持ちなんですね」

　ハサミは証拠品のように、ワインボトルの隣に並べ置かれている。

「すみません」と、香織さんはさらに身を縮めた。

「ご主人も一緒に、息子さんのお宅へ？」

「いいえ、夫は昨年の秋に――」

　負い目があるものだから、香織さんは問われるままに身の上を明かしてゆく。

　長年共に花屋を営んできた夫は進行性の胃ガンを患《わずら》い、あっという間に悪化して、亡くなってしまったという。

　夫亡き後一人で花屋を続けるのは難しく、幸い駅前の一等地だったこともあり、店を畳んで売ることにした。息子夫婦もそれがいいと、同居を勧めてくれたそうである。

「優しい息子さんで、よかったですね」

「ええ、まぁ。そうですね」

そう言って、香織さんは力なく微笑んだ。なんとなく、含みのある相槌だった。

可南子は隣に並んで座る芳美に、戸惑いの目を向ける。

この時間が、なんのために設けられたのか分からない。そもそも花泥棒を、家に上げる必要があったのか。

芳美はなぜか、香織さんに肩入れしている。夫を亡くしたばかりと聞いて、同類意識が芽生えたのだろうか。

「あら、そういえばまだお茶も出してなかったわね。紅茶はお好き？」

などと、客人扱いまでする始末。

その歓待ぶりが薄気味悪かったのか、香織さんが身を震わせて、床にそっと手をついた。

「大事なお花を切ってしまって、本当にすみませんでした。どうか、許してください」

見ているうちに、だんだん可哀想《かわいそう》になってきた。もちろん悪いのは、花泥棒を働いた香織さんだ。でもここまで怯えているのを見ると、もういいですよと帰らせてあげたくなる。

ところが芳美はいいとも悪いとも言わず、顎先に手を当てて思案顔を作った。かと思えば、場違いな質問を投げかける。

「もともと花屋さんだったということは、もしかしてリースを作れたりします？」

リース？　可南子の胸に、疑問符が立ち上がる。どうも嫌な予感がする。

「ええまぁ、作れますけど」

「よし、じゃあ決まり。リース作りを教えてください。それで花泥棒の件はチャラ！」

芳美が両手を叩き合わせた音に、香織さんの肩がびくりと跳ね上がる。

「待って、なんでそうなるの！」

と、可南子もたまらず立ち上がっていた。


リースの土台とワイヤーは、勤勉な宅配員が最速で届けてくれていた。蔓《つる》を編んで作られた、円形の土台である。縁側に新聞紙を敷いて、小さな折り畳み机の上でリース作り体験教室が始まった。

カヤツリグサのリースを作りたいのだと言うと、香織さんは控えめながらも的確な助言をくれたものである。

「カヤツリグサだけでも面白そうですが、何種類か組み合わせたほうが華やかになりますよ」

そこで詠人が、素材になりそうなものを庭から取ってきてくれた。カヤツリグサの他に、猫の尻尾のようなエノコログサ、赤い実が愛らしいヘビイチゴ、まだ咲き残っていたヒメジョオン。

それらを土台に適量載せて、ワイヤーで固定してゆく。

「そうです。土台を覆うように素材を載せて、茎の流れを見ながら留めていきます。長すぎる茎は、こまめに切ってください」

細身のわりに案外大きな手で、香織さんはお手本となるリースを作っている。特に考えている様子もないのに、ただの雑草がセンスよく配置され、上手くまとめられてゆく。

「さすが、手際がいいですね」

縁側の近くにオットマンを置いて、芳美は作業を見ているだけだ。言いだしっぺが作らないのかと責めると、「土台が二つしかないからね」と手をひらひらさせた。

コラムを捏造《ねつぞう》しようとしたせいで、面倒なことになってしまった。可南子は指先をちまちまと動かすのが苦手だ。中学の家庭科でエプロンを作ったらなぜか小さくて、金太郎の腹当てだと芳美に笑われた。そんな大昔のことを、つい思い出してしまう。

「素材はもう少し、多めに載せていいですよ。少ないと寂しいですから」

講師を務めはじめると、香織さんはとたんにしゃっきりして、手順を説明してくれる。格好はさっきと変わっていないのに、心なしか若やいで見えるほどだ。声は細いけれども澄んでいて、聞いていると心地よい。

「教えるのが、お上手ですね」

「ありがとうございます。このくらいしか、取り柄がありませんから」

第一印象では歳上かと思ったが、聞けば彼女も六十歳。二月生まれなので、学年では一つ上になるという。もっともこの歳で、学年もなにもあったものじゃないのだが。

「あら嫌だ。そんなこと言ったら私なんて、少女漫画にちょっと詳しいくらいしか取り柄がないですよ」

「いえいえ、そんな」

自分の手元に必死な可南子を置き去りにして、芳美と香織さんは二人で笑い合っている。

土台に巻いたワイヤーをキュッと引き締めてから、香織さんが顔を上げて周りを見回した。

「本当にすごいですよね、本棚が」

壁一面の少女漫画に、圧倒されたようである。赤文字の背表紙に支配された本棚と、浮世離れしたインテリア。この部屋に通されたとき、香織さんが尻込みをするのが分かった。「えらいところに来てしまった」という反応は、詠人とまったく同じだった。

「でも、懐かしいです。私も中学生のころは少コミを読んでいましたよ。モーさまやケーコたん、好きだった」

「おおおお！」

昔を懐かしむ香織さんに、芳美と可南子は色めきたつ。

モーさまは萩尾望都先生の、ケーコたんは竹宮惠子先生の愛称だ。少コミは当時の週刊少女コミックの略称である。

その誌面には漫画家の先生たちの通信欄があり、年若い彼女たちは皆とても仲がよさそうに見えた。少女たちは作品のみならずそんな関係性にも憧れており、大好きな先生たちを愛称で呼んで親しんでいたのだ。

となればもはや、同志である。可南子はリース作りそっちのけで身を乗り出した。

「ねぇ、斎藤ひかり先生は読んでた？」

「ええ、『時の旅人』なら」

香織さんが頷くと、今度は芳美が前のめりになった。

「ちょうど今、四十三年ぶりの続編が連載されてるのよ。知ってた？」

「ええっ、全然知らなかった。テオは、テオはどうなるの！」

きゃあと、少女のような悲鳴が上がる。周りの空気がとたんに、十四歳のあのころのように華やいだ。

「来月で終わっちゃうんだけどね。読む？」

「読みたい。でも待って、まだリースが」

すかさず立ち上がろうとした芳美を、香織さんが慌てて引き留める。

「じゃあ、それが終わったら読むといいわ」

「どのくらいの長さがあるの？」

「全五回連載の、今は四回目」

マントルピースの上の時計は、三時二十分を指している。四話分をゆっくり読んだとしても、五時過ぎには帰れるだろう。

「でも、家族になにも言わずに出てきちゃったから――」

「だったら、明日も明後日も来ればいいじゃない」

「そんな、しょっちゅうお邪魔するわけには」

「べつにいいわよ。私たちはどうせ暇だもの。あの男子中学生も、毎日ヤギと一緒に通ってくるのよ」

庭でまだせっせと草刈りをしている詠人を、芳美が窓越しに見遣る。熱中症予防に可南子がさっき被せてやった、つば広の女優帽がやけに似合っている。庭仕事で焼けた肌が陽光にきらめいて、還暦の目には眩しいほどだ。

「あの子、お孫さんだと思ってました」

「違うの。ただの近所の子だし、先月知り合ったばかりよ」

香織さんはぽかんとして、詠人とユキくんを見比べている。このヤギのことも、芳美のペットだと思っていたようだ。

ついでのように、芳美は可南子を指差した。

「ちなみにこの人は私の中学の同級生で、定年を機にUターンしてきたの。今は一緒に住んでるのよ」

「えっ、その人こそ近所のお友達かと思ってました」

血縁者でもないおばさん二人が同居しているという事実に、香織さんは少なからず驚いたようだった。本当なのかと、疑っているようですらある。

可南子は芳美の言葉を保証するべく、無言で頷いた。

「だからまぁ、気遣いは無用ってことよ」

芳美はそう言いきって、眼差しに過剰な期待を込める。

香織さんの表情から、皮膚一枚を剥がすように若やいだ感じが抜け落ちた。元通りの怯えた顔で、「でも——」と言い淀《よど》んでいる。

花泥棒の件はチャラになったはずなのに、いったいなにに怯えているのか。お節介かと思ったが、聞かずにはいられなかった。

「大丈夫ですか。もしかして、息子さん夫婦とうまくいってないんじゃ？」

優しい息子さんでよかったですねと褒められたときの、香織さんの反応が気になっていた。あれではまるで、息子夫婦に不満があると言っているようなものだった。

「いいえ、そんな」

香織さんが、真っ青になって首を振る。これではよけいに心配になる。

芳美まで勢いづいて、危惧していたことを尋ねた。

「まさか、お金？　花屋の土地を売ったぶんを、取り上げられたりとか」

充分に、あり得る話だ。息子夫婦が同居を勧めたのも、駅前の一等地が目当てだったのかもしれない。

「違うんです。本当に、誤解です。息子もお嫁さんも私を心配してくれただけで、お金なんか取られていません。ただ――」

感情が昂《たかぶ》って、香織さんの目に涙が光る。必死になって否定して、しかし肝心なところで言い淀む。

「ただ？」

先を促す声が、芳美と重なった。

香織さんが、震える手で額を覆う。うつむいた首筋から滑らかに続く肩が、いかにも頼りなげに見える。

可南子と芳美の視線を集めながら、消え入りそうな声でこう言った。

「家が、狭いんです」

息子夫婦が頑張って建てた家は、４ＬＤＫ。延べ床面積もそれなりにあり、日本の一戸建てとしては決して狭いわけではない。

ただし孫が高校一年生を筆頭に、三人いる。それぞれに部屋が与えられており、あとのひと部屋は夫婦の寝室。空き部屋などないところへ、香織さんが同居する運びとなったわけである。

彼らの人生設計にはまだなかった、「祖母との同居」。戸惑ったのは孫たちだ。誰か一人が部屋を空けて、相部屋で我慢しなければならない。そのせいで三人ともが、「絶対嫌だ！」と激しく言い争う羽目になった。

夫の急死で心が弱り、息子の厚意につい甘えてしまったが、こんなことなら駅前の家を売らなければよかった。と思ったところで、後の祭り。自分のせいで、孫たちが争うのも見たくはない。

「そんなわけで私は今、リビングをこう、パーテーションで区切ってもらって、二畳ほどのスペースで暮らしているんです」

そう言って香織さんは、虚空に指で四角い枠を描いてみせた。

「そりゃ狭いわ」

「ちょっぴり広めのカプセルホテルくらいじゃない」

芳美と可南子は、同時にのけ反る。一泊や二泊ならともかく、毎日それでは息が詰まりそうだ。

「前の家で使ってた家具や、私物なんかはどうしたの？」

「処分できるものはして、どうしても捨てたくなかったものはトランクルームを借りて、そこに入れてあります」

芳美の問いかけに、香織さんは悄然《しょうぜん》として答えた。

可南子も引っ越しに際してかなりのものを処分したが、それでも手元に置いておきたいものは厳選して持ってきた。

気に入りのものは、身近にあって好きなときに眺められるからこそ、意味がある。トランクルームに預けっぱなしでは、あまりにも味気ない。

「この状況は、私の浅慮が招いたものだからべつにいいんです。でも私がいることで、やっぱり家の空気が悪いんですよ。パーテーションのせいでリビングが狭いし、テレビも遅くまで見られない。電気をつけるのも消すのも気を遣うでしょう。皆ストレスが溜まっていて、ピリピリしているんです」

それが辛いのだと言って、香織さんは目元を押さえた。

自分さえいなければ、家族はうまくいっていた。自分はただの邪魔者なのだという思いに、じりじりと追い詰められてゆく。少しでも役に立てればと家事に手を出してみれば、やりかたが違うので嫁が嫌がる。

こうなったらもうなるべく迷惑をかけないよう、息を殺して生きるしかない。いるのかいないのか、分からないくらいに。でも本当にいなくなったと思われて、捜されたりしない程度に。

「それはもう、同居を解消して一人暮らしをしたほうがいいんじゃないですか。お金の心配がないなら、ワンルームでも借りたほうがましですよ」

差し出口とは思いつつも、言わずにいられない。引っ越しの手間はかかるが、そうすれば香織さんの悩みは万事解決なのである。辛いと言いながらなぜその状況に甘んじているのか、どうしても分からなかった。

香織さんは「ええ、ええ」と、涙声で頷くばかり。同居を解消したほうがいいことくらい、本当は彼女にだって分かっているのだ。

「香織さんはまだ、ご主人を亡くしたダメージから立ち直れていないのよね」

箱ティッシュをそっと差し出して、芳美が訳知り顔に尋ねる。

「私の夫もね、急死だったの。昨日まで元気だと思ってたのに、次の日には冷たくなってた。あたりまえに続くと思ってた日常がぱつんと断ち切られたときの、寄る辺のなさといったらないわね」

ティッシュで鼻の下を押さえ、香織さんが真っ赤な目を芳美に向ける。六十手前で夫を亡くした者同士、通じ合うものがあったようだ。香織さんは、顔をくしゃくしゃにして泣きはじめた。

「大丈夫、大丈夫よ。いつかちゃんと、立ち直れる。それまでは一人になっちゃ駄目よ」

オットマンから立ち上がり、芳美がそんな彼女の肩を抱く。

「だからね、明日もうちに『時の旅人』を読みにいらっしゃい」

「なによそれ」

もらい泣きしかけていた可南子は、最後のひと言にずっこけそうになった。

もしかしてこの人、漫画友達を増やしたいだけなんじゃないかしら。

花泥棒を家に招き入れ、長々と話を聞いてやったのも、それが狙いだったのかと勘繰りたくなる。

香織さんは腫れ上がった瞼を擦りながら鼻声で「ありがとうございます！」と叫び、しばらくの間泣き続けた。

8

足元から立ちのぼる蚊取り線香の煙に、ノスタルジーを呼び覚まされる。

東京のマンションに住んでいるかぎりは、ゴキブリ以外の害虫対策はしなくてよかった。蚊取り線香の香りはだから、実家に暮らしていた少女時代の記憶に直結している。

夏休みの午後の、けだるい感じ。カタカタと音を立てて回る扇風機には、吹き流しがついていた。なんてことはない、夏の記憶の一ページだ。

まさか、「縁側でスイカ」が実現するとはね。

シャクシャクとした歯応えと、曖昧な甘さ。可南子は口の中に残った種をそっと吐き出す。瓜科特有の青臭さですら、暑さに疲れた身には爽快だ。

「夏の間に縁側の窓を開けたのって、何年ぶりかしら」

詠人と芳美と、三人横並びで庭に臨む。日が陰って幾分涼しくなったため、ユキくんは自力で移動して草を食んでいた。

好きなものから先に食べてゆくので、好みが分かりやすい。ユキくんと、主に詠人のお蔭で、庭の下草はかなり整理されている。

「前は蚊取り線香を焚《た》いても、無意味なくらいだったのよ」

「それはもう、ただの藪《やぶ》だね」

芳美と可南子のやり取りを聞きながら、詠人が二個目のスイカに手を伸ばす。中心の部分が頂点となるように、三角に切り分けたものである。そう切ることで、甘さが均等になるそうだ。

スイカなんてもはやひと切れで充分だけど、詠人の食欲を見越して多めに用意されている。芳美が「どんどん食べて」と、スイカが載ったお盆を彼のほうに押しやった。

「さっきはごめんね。入りづらい雰囲気にしちゃって」

「いいえ。あの人、最後には笑っていたからよかったです」

香織さんが号泣していたため、詠人は気を遣って家に入れなかった。炎天下に放り出されて難儀したはずなのに、言うことが思いやり深い。

心を少し落ち着かせてから香織さんはリースを完成させ、『時の旅人～ブルゴーニュ編～』の第一話を読んでいった。

「やだ、テオったら生きてたのね。嬉しい！」「ひかり先生、絵柄がだいぶ変わったけども、描線の一本一本が美しいわ」「新キャラのピエールが素敵。長髪の美青年って永遠よね！」

さすがは古《いにしえ》のオタクというべきか。萎《しぼ》んだ花に水をあげるように、漫画を読み進めるうちに香織さんは、生き生きと輝きだした。おどおどと周りを見回していた女性とは、同一人物と思えないほどだった。

人はパンのみにて生くるものにあらず。食べ物が充分に行き渡っていたとは思えない遥か昔からそう言われているのだから、真理には違いない。

可南子は肘に向かって垂れてきたスイカの汁を、腕を振って弾き飛ばす。甘味のおこぼれを狙って足元の沓脱《くつぬ》ぎ石には、アリが集まりはじめていた。

「明日もまた来るって。よかったね」

「そうね。彼女はまだまだエネルギー不足だから。ここでたっぷり補充してもらいましょう」

そう言い合って、室内の本棚を振り返る。幸いにも、エネルギー源のストックはたんまりとあった。

昼間はまだ真夏の暑さなのに、夕方に吹く風は少し湿っぽい。ユキくんがメエメエと鳴きながら、詠人を目指して歩いてくる。

どうやら飼い主がかぶりついている、スイカが気になっているようだ。スンスンと鼻を寄せてくるユキくんに、詠人が「駄目だって」と背中を向ける。

「スイカ、食べるの？」

ためしに赤いところがまだ残っている皮を差し出してみる。そのとたん、ユキくんの目がキラリと光った。硬い皮ごと頬張ろうと、口を大きく開ける。

「えっ、皮ごといくの。ちょっと待って、大丈夫？」

可南子は慌てて身を引いた。ユキくんが、不満そうな声を上げる。

「分からないです。スイカの皮は、あげたことがないから」

「じゃあやめとこう。お腹壊すかもしれないから。ねっ！」

説得を試みるも、ユキくんは納得してくれそうにない。しきりに首を伸ばし、くれくれと催促してくる。

「いいから草でも食べてなさいよ。あっ、でもこれは駄目！」

スイカの皮を追いかけて縁側に首を突っ込んだユキくんは、可南子の傍らに置いてあったリースを見つけてしまった。よりにもよって見栄えのいいほうを咥《くわ》えようとするので、「コラ」と叱って遠ざける。

香織さんが作ったリースは、材料がそのへんに生えている雑草とは思えないほどお洒落にまとまっていた。赤いヘビイチゴの実がいいアクセントになっており、ぜひともこれは玄関に飾りたい。

「こっちならいいけど。ちょっと待って、ほぐしてあげる」

芳美が差し出してきたおしぼりで手を拭いて、可南子は自分が作ったほうのリースを分解しはじめた。このままだと、ワイヤーが危ないのだ。

「いいんですか。せっかく作ったのに」

詠人が遠慮がちに尋ねてくる。可南子は「いいの」と頷いた。

「これはね、リースじゃないの。卓上ホウキ」

そう言ったとたん、芳美がぶはっと吹きだした。おしぼりを使いながら、身をよじって笑っている。

失礼な。そうとしか見えない出来映えだけど、笑いすぎだ。

可南子が手間取っているものだから、ユキくんが焦れて縁側に前脚をかける。室内には、ワインボトルに活けられた夾竹桃。目聡《めざと》く見つけ、今度はあれをくれと騒ぎはじめる。

「あれは駄目。毒があるから」

芳美がそんなことをさらりと言うから、可南子は「えっ！」と目を剝いた。

夾竹桃には、実は強い毒性がある。花、葉、枝、果実、根といったすべての部位に毒を持ち、生木を燃やした煙までが有毒だという。

それでも庭木や街路樹として広く利用されているのは、乾燥や大気汚染に強いからだ。しかしうっかり口にすると中毒を起こし、場合によっては死に至ることもあるらしい。

「そう簡単には死なないと思うけどね。危険なことはたしかよ」

芳美の説明を聞きながら、ワインボトルに挿さった枝をまじまじと見る。言われてみればなんとなく、葉の光り具合が毒々しく思えてきた。

「ちっとも知らなかった。香織さんは、知ってたのかな？」

「知らないはずないでしょう。元花屋なんだから」

夾竹桃の枝を切る際に、香織さんは園芸用の剪定バサミを使っていた。見たところよく使い込まれており、草花に疎い人ではなさそうだ。そう思ったからこそ芳美は、香織さんを家に招き入れることにしたという。

「夾竹桃の毒で、なにかしようとしてたってこと？」

「さぁね、それは知らないけど。でも、話を聞いてみてよかったわ」

寒くもないのに、うなじの毛がぞわっと逆立つ。

花泥棒の現場に、ちょうど居合わせてよかった。可南子が感じている以上に、香織さんは追い詰められていたのかもしれない。

リースがなかなかほぐれないので、ユキくんが不貞寝をしはじめた。

お盆に入り、日が落ちるのが早くなってきたようだ。ごくごく薄い闇のベールがふわりと舞い降りてきて、足元では虫がリリリと鳴く。コオロギの初音である。

蚊取り線香の煙の行方を追うように空を見上げ、芳美がぽつりと呟いた。

「そろそろ、迎え火を焚かなきゃね」

第4章
秋

1

完全に、油断していた。

十月上旬の、昼下がり。ヴィクトリアンスタイルの部屋には今日も、静かでけだるい時間が流れていた。

家主の芳美は猫脚ソファ、可南子はビーズソファで腹這いに。背もたれのないオットマンに疲れたらしい詠人は床に直接腰を下ろし、物置から出してきた座椅子で寛ぐのはあたりまえのように常連になった香織さんである。

香織さんはシフォン地のブラウスに、膝丈のスカート。うっすらとお化粧もしており、見違えるほど若やいでいる。少なくともすっぴんでだらけている可南子や芳美より、三、四歳は下に見えた。

それぞれの手には、漫画本。皆黙々と、ページを繰っていた。

集中が途切れたのは、アンティークの振り子時計が三時を打ちはじめたからだ。先日芳美が誕生日のマイプレゼントと称して、ネットで買った時計である。ゼンマイ式で雰囲気はあるのだが、一時間ごとに鳴るので少しうるさい。

その音が鳴り終わらぬうちに、芳美が腑抜けた声で問いかける。

「アイスクリーム、食べるひとー？」

「はぁーい」

間延びした返事をして、全員が手を挙げた。

「じゃあ、じゃーんけーん」

「ほい！」

腹這いになったまま、可南子は頭上にグーを突き上げる。他は皆、パーだった。

「なによこれ。四人もいて、こんな一瞬で負けることってある？」

「つべこべ言わずに、持ってきてよ。パルムね」

「いやいや、三回勝負にしようよ」

「往生際が悪いったらないわね」

ただ台所に行って、箱アイスを取ってくるだけのこと。けれどもソファに沈み込んだ体を、起こすのが億劫だ。それに漫画がちょうどいいところだった。

芳美が可南子の手元に視線を寄越す。漫画の表紙をちらりと見て、「ああ」と頷いた。

「『BANANA FISH《バナナフィッシュ》』の六巻ね。盛り上がっているのは分かるけど、負けは負けだから」

八〇年代に連載された、吉田秋生《よしだあきみ》先生による名作漫画である。数年前にテレビアニメ化されたことも、ファンが多いことも知っていたが、読んでみて納得だ。主人公の美しさと、派手なアクションの裏に見え隠れする心の機微に惹《ひ》かれて、どんどんページをめくってしまう。

「やーだー」

「なら、僕が取ってきますよ」

年甲斐もなく足をバタバタさせて渋っていたら、代わりに詠人が腰を浮かしかけた。人の顔色を窺いがちな中学生に、肩代わりさせるのは忍びない。可南子は覚悟を決めて起き上がった。

「それは駄目。詠人はパーを出したんだから」

「立った。可南子さんが立ったわ」

香織さんが手を叩いて囃《はや》し立てる。はじめて会ったときよりも、表情まで明るくなった。もともとは、よく笑う人だったらしい。

「クララじゃないんだから」

例のヤギ飼いの少年が出てくるアニメの、有名なシーンである。元ネタを知らない世代の詠人だけが、不思議そうに首を傾げている。

「分かりました。行けばいいんでしょ、行けば」

立ち上がったついでに、可南子は凝り固まった肩を回す。違和感を覚えたのは、そのときだった。

視界の端に映る庭から、なんだか不穏な視線を感じる。ようやく活動に適した季節になって、ヤギのユキくんは縁側から少し離れたところで草を食んでいる。だがすっかり日常の風景と化した彼に、今さら不調和を感じるはずがない。

ゆっくりと首を巡らして、真正面から庭を捉える。そのとたん、可南子は「ギャア！」と叫び声を上げた。

秋とはいえ庭の草木はまだ青々としており、和らいだ日差しの中にユキくんがぽつんと佇んでいる。そこまではいつもの光景なのだが、なんとその傍らに、冴《さ》えないスーツを着た男が立っていた。

顔の肉に埋もれた目を見開いて、どうやらあちらも驚いている。門からまっすぐ玄関に向かえば、大きな庭石がちょうど目隠しになるはずなのに。なぜ通路を逸れて、こんなところに入り込んでしまったのだろう。

なにごとかと芳美も立ち上がり、背後を振り返る。相手が誰か分かると顔をしかめ、「げっ、桜井！」と乱暴な口調で吐き捨てた。


「いやぁ、まいった。なんだよこれ、カオスかよ」

十月とはいえ、スーツで動き回るにはまだ暑い。手で顔を煽ぎながら縁側に腰掛けて、桜井がわざとぞんざいな口をきく。

チョコのかかった棒アイスを、ねっとりと舐めながら食べるのがなんだか嫌だ。この男はなぜ図々しくも、人の家でおやつを食べているのだろう。

「すげぇな、この部屋。お姫様にでも憧れてんの？　漫画もヤバいな。これ全部西村のコレクション？」

桜井は部屋の奥でそっぽを向いている芳美に、旧姓で呼びかける。しかし芳美は振り返りもせず、黙々とアイスを齧っている。

「おーい、西村ってば。なにあいつ、どうしたの？」

「どうしたの、じゃないよ」

可南子は縁側に突っ立ったまま、苛々と右の爪先で床を叩く。さっきまでの穏やかな時間はどこへやら、たった一人の闖入者《ちんにゅうしゃ》のせいで空気が凍りついてしまった。

「そっちこそ、なんで玄関から来ないのよ」

「いやだって、白い犬っぽい生き物が見えたからさ。なんだろうと思って見にきてみたらヤギだし、意味分かんねぇよ」

失敗した。庭にいるユキくんの様子が見えるよう、縁側に続く部屋の引き戸を全開にしていた。それが悪かった。

でもまさか、こんなところまで無遠慮に入り込んでくる客がいるとは思うまい。小さな子供ならまだしも、いい大人がヤギ見たさに不法侵入を犯すとは。

「しかもなに、おばさん増殖してるじゃない。ウケるんだけど」

そのうえ悪びれた様子もなく、人をからかってくる。中途半端な若者言葉が、癪《しゃく》に障る。

「ねぇ、おばさん。その子はアンタの孫？」

自分もおじさんのくせに、図々しい。初対面の香織さんにまで、桜井は横柄な態度を取った。まともに取り合わず愛想笑いのみを返す香織さんは、さすがに客商売をしていただけのことはある。だが詠人は、まだそこまで人間が練れていない。

「誰の孫でもないです。近所の子です」と、馬鹿正直に言い返してしまった。

「え、そうなの。でも君、学校は？」

「創立記念日で、お休みなのよね」

香織さんがとっさに機転を利かせる。桜井ごときに、本当のことを教えてやる義理はない。職務質問じゃあるまいに、聞けば答えてもらえると思うほうがおかしいのだ。

「だったらなおさら、こんなおばさんたちに囲まれてるってどうなの。友達と遊べって。じゃないと早く老けるぞ」

そう言って、桜井は上機嫌に笑っている。自分の言ったことが、おかしくてたまらないというように。他に誰一人として笑っていないのに、よくぞ平気でいられるものだ。

「君くらいの歳の友情ってのは、一生ものだぞ。俺も毎日馬鹿やってた。自転車のブレーキをわざと外して、坂道でチキンレースしたりさ。なぁんて、今の子は意気地がないから、そんなことしないか。うはははは」

そして隙あらば、自分語り。知らないおじさんの話を一方的に聞かされて、詠人の頬が引きつっている。

もうこのへんで、止めなければ。芳美は部屋の隅っこで我関せずと背中を丸めており、あてにできない。

「ちょっと、いい加減に――」

ところが興が乗った桜井は、可南子の制止に気づかなかった。それどころか食べ終えたアイスの棒を空き袋に入れ、こちらを見もせず手渡してくる。

えっ、ノールックパス？

反射的に受け取ってしまってから、可南子はあまりの衝撃に身を固くした。彼にとってゴミは、人に押しつけるものらしい。

「まさかこの三人のうちの誰かに、恋してるってわけじゃないだろ。駄目だぞ、ちゃんと若者同士でつき合わないと。女の子を誘って、デートしろ、デート。クラスに好きな女子くらいいるだろう？」

可南子が呆然《ぼうぜん》としているうちに、桜井はいっそう調子づく。いつの間にか靴を脱ぎ、縁側に胡坐《あぐら》をかいていた。

「そういうのは、ちょっと」

「なんだよ、それでも男かよ」

律儀に答えた詠人を、品なく笑い飛ばす。もはや我慢がならなかった。

「いい加減にして。アンタこそ仕事中でしょ。なにしに来たのよ」

「なぁに、これも仕事だっての」

腹の立つことに桜井は、可南子が声を荒らげてもヘラヘラと笑っている。傍らのビジネスバッグを引き寄せて、建て売り分譲住宅のパンフレットを引っ張り出した。

「今ね、いい分譲が出てるんだよ。竹下に一軒どうかと思ってさ」

「生憎《あいにく》だけど、買わないわよ」

「はいはい。今はそうでもさ、この先どうなるか分かんないじゃん。男ができると、女の友情は脆《もろ》いぞぉ」

中学時代の友情は、一生ものではなかったのか。ましてや女の友情なんて、経験したこともないくせに。

「今さら男の人とどうなる気もないよ。面倒くさい」

「ほらまた、そんな悲しいこと言っちゃってさ。わざと男を遠ざけるような髪型して強がってるの、ちょっと痛いぜ」

「強がる？」

「せっかくの人生なんだから、もうひと花咲かせてみろって。じゃないと枯れるぞ」

桜井はパンフレットを積み上げて、「ほい」と床の上に滑らせる。いらないわよと、突き返すことすら煩わしい。いたずらに会話を増やすだけだ。

「それはどうも。用が済んだなら、お帰りはあちらです」

可南子は押しつけられたアイスの棒で、門の方向を指し示した。ただの軽口と思ったか、桜井はまだ笑っている。靴を履き直し、応戦してくる。

「おいおい、つれないなぁ。まともな男に相手にされないからって、少年連れ込むのはやめとけ、犯罪だから。それとも少女漫画みたいな、白馬の王子様を夢見てるってか？」

神様どうか、こいつをぶちのめす権利を私にください。と拳を握りつつも、思うだけに止《とど》める。なにより今は、この男を早く追い出したい。

「じゃあそれ、気が向いたら見といて。おーい、西村。俺もう行くわ」

いいから帰れ、一刻も早く。ここから見える芳美の肩が、小刻みに震えている。

シッシッと手を振りたい衝動を堪え、桜井を見送る。横幅の増した後ろ姿が庭石の向こうに消えたとたん、可南子は部屋の引き戸を力強く閉めた。

2

ほんの一時期とはいえ、桜井に憧れていたことがあるという記憶を消してしまいたい。男を見る目がないのは、あのころからか。

そう思うと、頭を抱え込みたくなる。

大学時代の恋人は相手の四股が発覚して別れたし、社会人になってから出会い、うっすらと結婚まで視野に入れていた彼は、「帰宅したらあったかいご飯がある家庭がいい」とのたまって去って行った。

最後の恋人は、四十代半ばにつき合った男だ。「今さら結婚なんて考えていないから、お互い楽しくおつき合いしましょう」と言い合っていたはずなのに、けっきょく若い女の子を妊娠させて結婚した。そいつには結婚後も「それはそれ、これはこれ」と言い寄られ、頭にきて飲んでいた赤ワインをぶっかけてやった。

このどうしようもない恋愛遍歴の、始点にいるのが桜井なのだ。

彼は陸上部のエースでカモシカのような脚をして、いつもクラスの輪の真ん中にいた。ふざけた言動をしても許されて、楽しそうに笑っていた。

運動音痴で漫画オタクで引っ込み思案だった可南子には、持ち合わせないものばかり。そういったところが、眩しく見えたのかもしれない。

そんな気持ちは、今でも分からなくはない。少女漫画の学園ラブコメものだって、恋の相手役はたいていそのタイプだ。

ちょっぴり意地悪で横暴で、無神経なところもあるけれど、なぜか私にちょっかいを出してくる男の子。その属性のまま歳を取ると、あんなにもおぞましい存在になり果てるのか。

もっと臓腑をえぐるような辛辣な言葉を投げつけて、追い返してやればよかった。可南子はビーズソファに突っ伏して、あれでもない、これでもないと言葉を吟味する。今さらだけど、いつか使う機会があるかもしれない。

「あの、皆さん。大丈夫ですか？」

沈み込んでいるのは、可南子だけではない。芳美はもっとひどいダメージを受けて、床の上でのたうち回っている。

香織さんにいたわられ、芳美は「無理！」と叫んだ。

「あの男、私がオタクだって同級生に言いふらすに決まってる。キモいとか引くとか言って、陰で笑い物にするのよ、きっと」

「そんなことないですよ。みんなもう、いい歳の大人じゃないですか。昔と違ってオタク文化も、市民権を得ていることですし」

「時代が変わっても関係ないのよ。さっきのやり取りで分かったでしょ。誰かをからかって笑い物にすることを、コミュニケーションと勘違いしている輩《やから》なのよ、あいつらは」

言われてみれば、桜井たちのグループはたしかにそんな感じだった。クラスの人気者だから、常に自分たちがジャッジを下す側にいると思い込んでいる節があった。

地元に残ると友人関係もさほど変わらず、そんな自己評価を覆す転機が訪れないのだろう。彼はいまだに自分のことを、「イケてるグループの桜井くん」と思っているのかもしれなかった。

あれと毎日一緒にいて、奥さんは辛くないのかしら。

よけいなお世話に違いないが、顔も知らない彼の妻が気がかりだ。

すると香織さんが、思いがけぬことを尋ねてきた。

「ちょっと聞きたいんですけど、さっきの桜井さんの奥さんって、フラワーアレンジメントの講師をなさってません？」

そんなことを、可南子が知るはずもない。芳美を見遣ると、顔をしかめて首を振った。

「知らないわ。今年の同窓会で会ったのが、中学以来」

「えっ、そうだったの。でもあの人前も、お酒持って来たじゃない」

「それはタケコがいるからよ」

「なんで私がいると来るのよ」

「さぁ、好きなんじゃない？」

「やめてよ」

冗談でも笑えない。心の中に鳥肌が立ち、可南子は己を庇うように抱きしめた。

「なに、そのフラワーアレンジメントの講師が、桜井さんっていうの？」

会話の軌道修正を試みて、芳美が香織さんに問いかける。

「ええ、まぁ。駅前のカルチャーセンターで教えていて、うちの常連さんだったんです。たまに二人で、お茶を飲みにいったりもして。とりとめのない話をしていると、最後にはいつもご主人の愚痴になっちゃうんです」

「どんなふうに？」

内容次第では桜井に繋がるかもしれないから、可南子は先を促してみる。

「細かいディテールまでは覚えていませんけど、たしか不動産屋にお勤めで、家族の中では自分が常に上にいないと気が済まないみたいな。奥さんの講師の仕事についても、好きなことをさせてやってるんだから、家のことはきっちりやれよってマウント取ってくるらしくて」

「うわ、しんど」

反射的な速さでそう言って、芳美が口元を歪ませる。

たしかに聞いているだけでも息苦しい。だが可南子たちの世代なら、そんなことを言い放つ男はさほど珍しくもない。聞けばフラワーアレンジメント講師の桜井さんは、五十代の後半だという。

「あの桜井の奥さんだとしても不思議はないけど、決め手に欠けるんじゃない？」

「そうですね。市内に一家族しかいない、珍しい苗字というわけでもありませんしね」

講師の桜井さんと香織さんは、もはや連絡を取り合っていないらしい。夫が進行性のガンと分かってから一度だけお茶をしたのだが、彼女の愚痴を聞くのが辛くて、別れた後連絡先を消してしまった。その後間もなく花屋を閉めて、それっきりになっている。

余裕のない時期だったとはいえ、そんなふうに音信不通になってしまったことを、香織さんは気にしていた。

しかし可南子も芳美も桜井の連絡先を知らないし、あまり絡みたくもない。その問題は、ひとまず置いておくことにした。

「それはともかく、なんで詠人まで落ち込んでるの？」

詠人は女たちがあれこれと話をしている間、漫画も問題集も開かずに、じっと膝を抱え込んでいた。なにを考えているのか難しい顔をしており、芳美に話しかけられてもまだ、己の膝頭を睨んでいる。

しばらく様子を見守っていると、やがてぼそりと呟いた。

「誰かをからかって、その場を盛り上げているつもりになってる人って、いるじゃないですか。あれっていったい、なんなんでしょう」

その問いかけからは、静かな怒りと戸惑いが感じられた。どうやらこれは、気軽に答えていい種類の質問ではないようだ。

しばしの沈黙の後、芳美が「うむ」と頷き、立ち上がる。

「ひとまず、お茶の用意をするわ。飲みながら話しましょう」


カラランと、涼しげに氷が鳴る。

冷蔵庫でひと晩かけて抽出したという水出し紅茶は雑味が少なく、すっきりとした味わいだ。ごくごくと喉に流し込むと、桜井の登場で混乱していた頭の中が、幾分整理されたようだった。

お茶請けは缶入りクッキー。マホガニー色のテーブルの周りに集まって、好きにつまむ。いくつもの味わいがあり、いつもの詠人なら全種類を制覇するはずだ。

しかし詠人は真剣な顔で虚空を見つめており、クッキーに手を出そうとはしなかった。

テーブルの上に積まれていた漫画本は、紅茶のトレイを置く際にいったん床に下ろされた。その表紙に目を走らせてから、詠人はおもむろに口を開く。

「変なことを言うみたいですけど、もしかすると僕には、恋愛感情がないのかもしれません」

会話のキャッチボールとは言うけれど、思いもよらぬところから球がきた。棒立ちになってしまい、可南子はその球を取り損ねた。

「ええっと、それはさっきの、からかう人云々の話と繋がってるの？」

動揺を隠し、慌てて転がった球を追う。詠人は無言で頷いた。

好きな女の子はいないと言って、「それでも男かよ」と、桜井に笑われたのがこたえているのだろうか。だが詠人の表情は深刻で、それよりもっと根が深いように思える。

「クラスの奴らが、どの女の子が可愛いとか好みとか話してるのも、よく分からない。それくらいならまだいいんですけど、胸でけぇとか、その、やりてぇとか、そういうので盛り上がってる中にいると、気持ち悪くて。やめようって言っても、からかわれるだけで」

つっかえながらも、詠人は胸の中に小さく折り畳んでいた気持ちを広げてゆく。聞き手が自分たちでいいのだろうかとも思ったが、きっと誰かに聞いてもらいたくなったタイミングが今なのだろう。

可南子は控えめに頷き、詠人の語るに任せた。

「そのうち女の子の話題と、僕をからかうのがセットになったっていうか。柴山《しばやま》って奴なんですけど。例えば誰かがAさん可愛いとか言いだすと、必ず僕に振るんです。『で、詠人はクラスの男だと誰がタイプ？』って」

「ああ――」

女三人で、思わず天を仰ぐ。中学生男子のノリとしては、いかにもありそうな展開だった。その手のグループがなにより大事にしているのは、男同士の連帯感。絆《きずな》を深めるためにはスケープゴートが必要で、それは女子に向けた加虐的な視線だったり、はみ出し者への攻撃だったりする。女子を庇った詠人はつまり、はみ出し者扱いをされているのだ。

「そんなんじゃないって否定しても、さらに調子づくだけで。めっちゃしつこいし、なんかもう嫌になって、学校行くのやめました」

　こちらから聞くのを避けていた、不登校の理由がやっと分かった。壮絶ないじめがあったわけではなさそうだが、彼の祖父が言っていたように、やはり友人とのトラブルだった。

　それでも詠人は、十四歳にしては冷めている。「こういう面倒なのも、今だけかと思ってたんですけど」と言って、縁側のほうに目を遣った。

「大人になってもやっぱりあれかと、今ちょっと絶望しています」

　同じ大人として、そして桜井の元同級生として、若者に明るい未来を示せず、申し訳ないかぎりである。可南子だって桜井のありようには、衝撃を受けている。

「そうね、さっきの話に出た柴山くんみたいな人は、よっぽどのことがないかぎり桜井みたいな大人になるわね」

　グラスの中の氷を掻き回しながら、芳美がほぼ断言した。

「三つ子の魂百までってやつね。失礼だけど、詠人のお祖父さんもそういうタイプじゃない？」

　悪い人ではないようだが、デリカシーもない祖父である。詠人は気分を害した様子もなく、

「ああ、そうですね」と首肯した。

「その一方でクラスの中でも、そういう男同士の会話に馴染めない子っているはずよ。下手すりゃ桜井に、『それでも男かよ』って言われちゃうタイプ。詠人もそれね。ようするに、合わないのよ」

身も蓋もない言いかただが、祖父を引き合いに出されたことで、詠人にはなにか腑に落ちるものがあったのだろう。芳美の顔をまっすぐに見て、頷いている。

保護者として面倒を見てくれている祖父への感謝は別にして、どうしたって性格が合わないことについては、詠人はそういうものと諦めているように見える。二人きりの暮らしでは物理的に距離を取るのは難しいから、心に距離を空けて口答えもせずに過ごしているようだった。

「そっか、なるほど」と、詠人は鼻から深く息をつく。

「じゃあ、二年のうちは様子見ですね。うちのクラス、柴山が幅を利かせてるんで」

中学校の教室は狭い。なるべく関わらないようにしていても、一方がそう思っているだけではうまくいかない。柴山とやらがクラスの中心なら、なおさらだった。

「三年生は、いいクラスだといいね」

詠人になにか言ってやりたくて、けっきょく可南子は毒にも薬にもならないことを口走る。

「そうですね。ありがとうございます」

それでも詠人は、やっと穏やかな微笑みを見せてくれた。

「でもあの、詠人くん。恋愛感情がないかもっていうのは、まだその歳で決めつけなくてもいいと思いますよ」

ここまでのなりゆきを見守っていた香織さんが、遠慮がちに口を挟む。その意見には、可南子も全面的に同意する。

「ねぇもしかして、詠人が恋愛ものの漫画が苦手っぽいのはそのせい？」

「苦手というか、よく分からないので。感情移入ができないんです」

少女漫画で恋愛描写を完全に避けるのは難しいが、芳美の指導の賜物で、詠人は近ごろ恋愛が主軸のテーマでない作品なら抵抗なく手に取るようになっている。『ベルサイユのばら』も『あさきゆめみし』もすでに履修済みなのだから、優秀だ。

空になったグラスをトレイに戻し、芳美がふうと息をつく。

「べつに、気にすることないんじゃない。なんなら私も、恋愛ってたぶんしたことがないわよ」

あまりにも、唐突な告白だった。考えるより先に、可南子は「ええっ！」と無遠慮な声を上げていた。

小柄で目がくりくりと大きくて、中学時代の芳美は実は、男子にひそかな人気があった。机の中に、ラブレターが入っていたことだってある。だが芳美は漫画のキャラクターに傾ける情熱の欠片《かけら》すらも、彼らに向けはしなかった。

「心の恋人は、テオなのに？」

驚愕《きょうがく》する可南子に、芳美は含み笑いで応じた。

「テオは二次元でしょう。三次元の話よ」

「三次元でも、結婚してるじゃない」

「前も言ったけど、スシさんとはお見合い結婚よ」

たしかにそう、聞いてはいるけど。

　興味を引かれたのか、詠人がテーブルに肘をついて身を乗り出してきた。

「スシさんのこと、好きじゃなかったんですか」

「ううん、好きだったわよ。真面目でいい人だったもの。パートナーとして信頼してた。でも恋愛感情とは違うと思う。というより現実の男性にも女性にも、ときめいたりしたことがないからよく分からないわ」

「スシさんにかぎらず？」疑問を挟んだのは香織さんだ。

「そう、かぎらず」と、芳美はなんでもないことのように頷いた。

　可南子は必死で、記憶をほじくり返していた。あのラブレターを芳美は、どうしたんだっけ。読みはしたけど「こういうの、興味ないのよね」と返事をしなかった気がする。少女漫画はあんなに好きなくせにと、驚いた覚えがあった。

「待って待って。女性誌の特集で読んだことある。恋愛感情を持たない人のこと、なんていうんだっけ」

「アロマンティックね」

　こともなげに、そう答えたのも芳美だった。いずれ少女漫画でも取り上げられるテーマに違いないと、気にかけていたという。

「でもね、私は自分自身を、そういう分類に当てはめるつもりはないの」

　気に入りの猫脚ソファに座り直し、芳美は腕を組んでふんぞり返る。そしてきっぱりと言いきった。

「むしろ、恋愛という概念が小さすぎるの。あなたたち、なんのために少女漫画を読んでいるのよ」

矛盾を感じる論調でも、自信満々に語られると説得力が生じてしまう。可南子はしばし、なんのためだっけと考え込んでしまった。

おそるおそる、詠人が尋ねる。

「そもそも少女漫画自体が、恋愛を描くものじゃないんですか」

「はい、ブー！　違うわよ。恋愛だけじゃないって、前も言ったでしょ。よく聞きなさい。少女漫画というのはね、魂で触れ合えるただ一人との、関係性を描くものなの。それはべつに、恋愛と名づけられないものであってもいいの」

これテストに出るわよと冗談を言って、芳美は一人一人の顔を確認するように見つめた。

「言われてみれば少女漫画で描かれる恋愛って、一時的なものじゃなくて運命的な要素が強いですよね。それが魂の結びつきということですか」

香織さんは、できのいい生徒だった。その理解の早さに、芳美は「エクセレント！」と拍手を送る。

「竹宮恵子先生が少女漫画ではじめて少年愛を描いたとき、女の子たちが熱狂したのはそれだからよ。性別を超えても、魂は一つになれると知ったわけ。人の想いは、そんなものに縛られなくてもいいんだってね」

その作品は、『風と木の詩』だ。可南子も途中まではリアルタイムで追っていたが、そこまで深読みはしなかった。ただ心がヒリヒリして、のめり込むようにして読んでいた。

芳美はなおも、持論を展開してゆく。さっきまで可南子が読んでいた、黄色い表紙の漫画本を指差した。

「それから時代が少し進んで、『BANANA FISH』よ。この作品は二人のティーンエイジャーの少年の関係性が描かれているけど、決して恋愛とは言えないでしょう」

まだ途中までしか読んでいないから返事のしようもなく、可南子は曖昧に頷いた。

物語の舞台はニューヨークのダウンタウン。ストリートキッズのボスとして君臨する少年アッシュと、日本から来た大学生奥村英二《おくむらえいじ》が主人公である。

薬物、マフィア、裏社会、銃撃戦と、ハードボイルドな要素が並んでいても、これが紛れもなく少女漫画なのは、芳美が言うように、主人公二人の心の交流が繊細に描き出されているからに違いなかった。

「でもね、恋愛じゃなくても、友情と呼ぶには深すぎるところで結びつくの。早く最後まで読んでちょうだい。打ちのめされるから」

妙な予言を聞かされた。可南子はやはり、「はぁ」と頷くことしかできなかった。

「いいこと。魂の結びつきならね、恋愛にこだわらなくていいし、なんなら人間同士である必要もないの。相手が動物だったり、妖怪だったり、神様だったり、とにかくあの手この手で、結びつきが描かれ続けてきたの。恋愛というのはそんなまだ名前のついていない深い繋がりの、ほんの一部分にすぎないのよ」

ずいぶん壮大な話になってきた。けれども詠人は、真面目な顔で聞いている。

優秀な生徒に、芳美はにっこりと笑いかけた。

「だから恋愛感情が分からなくても、私はちっとも悩まなかった。たぶんスシさんも、似たようなものだったと思うのよ。そういう人は昔から、一定数いたはずなのよね」

恋愛至上主義の時代に、お見合いで結ばれた二人である。可南子たちより前の世代ならもっと、恋愛など分からぬままに、家庭を持つに至った人たちが多かったのだろう。

「でもべつに、情がないわけじゃないからね。お互いを尊重して、緩やかに繋がれていたと思う。スシさんは、そんなことないって言うかもしれないけどね」

恥ずかしくなってきたのか、芳美は照れたように笑って長い演説を締めくくった。「ご清聴、ありがとうございました」と、肩をすくめる。

スシさんのことは芳美から聞いた以上のことはなにも知らないが、その語り口からすると、よっぽど信頼されていたようだ。さりげなく寄り添う二人を、一度でいいから見てみたかった。

詠人は今聞いたことを、頭の中で咀嚼《そしゃく》していたらしい。しばらく黙り込んでいたが、やがてぺこりと頭を下げた。

「ありがとうございます。まだよく分からないこともあるけど、覚えておきます」

可南子もまた、すべてを理解できたわけではないはずだ。あのとき芳美が言っていたのはこれかと、実感できる日はくるのだろうか。未来ある詠人よりは、その可能性は少ない気がした。

ふいにゴンという音と重たい振動が、縁側から響いてきた。

「わっ、びっくりした」と、反射的に身をすくめる。

すかさず詠人が腰を上げ、縁側へと続く引き戸を開ける。

メエメエと不満そうに鳴きながら、ユキくんがサッシ窓に角をぶつけているのだ。

「こら、それは駄目」

下手をすると、ガラスが割れる。詠人が慌てて駆け寄って、窓を開けた。

「戸を閉めっぱなしにしちゃったから、心配したのね」

ユキくんがいるかぎり、引き戸はやはり開けておかねば。大きな掃き出し窓を割られたときの、修理費が恐ろしい。

ユキくんはここぞとばかりに、詠人の手の下に頭を潜らせて甘えている。

「なんだよ、お前は。しょうがねぇな」

可南子たちには決して向けない、詠人のぞんざいな口調がとてもよかった。

3

ボーンボーンと、振り子時計が十二時の鐘を打つ。

頭の奥に響く低音だ。ビーズソファでじっとうつ伏せになっていると、心音と重なって妙に苦しい。

「ねぇこれ、音だけ止められないの」

遠回しに、うるさいと言ってしまった。十二時は特に十二回鳴るので、なかなか音が鳴りやまない。

おそらく芳美も、買ったはいいが案外うるさいと思っているはずだ。集中が削《そ》がれ、読んでいた漫画本をいったん置いた。

「ゼンマイが、二つあるのよ。たぶんどちらかが時報だと思うんだけど、分からないから二つとも巻いちゃった」

「じゃあ次に巻くときは、片方だけにしてみましょう」

香織さんも、音が気になっていたようだ。この家に通ううちにだんだん遠慮がなくなってきて、もはや座椅子の背もたれを倒して腹這いになっている。

「うん、そうね。集中が切れたところで、お昼にしちゃおう。タケコ、何食べたい？」

「お昼、いらない。食欲ない、全然」

「なんで片言なのよ。そろそろ立ち直って」

「無理。打ちのめされるって言ったの、芳美じゃない」

桜井の襲来から、すでに四日が経っていた。そのときはまだ六巻の途中だった『BANANA FISH』を全巻読み終えたのは、昨日の夜も更けてから。そしてほとんどひと晩、泣き明かした。打ちのめされるという、芳美の言葉どおりだった。可南子はビーズソファに顔を押しつけて嗚《お》咽《えつ》した。まさかこの歳になって、創作物で号泣するとは思わなかった。

お蔭で瞼が腫れて重いし、頭も痛い。おまけに涙腺が馬鹿になっていて、ラストシーンを思い出すだけで涙が滲む。本編の七年後を描いた番外編がまた切なくて——。

なんて考えていたら、もう駄目だ。可南子はスンスンと洟を啜り上げた。

「こないだ芳美が言っていた魂の繫がりって話の、理解度がちょっと上がった気がする。なんかもう感情が追いつかない。心というか、胃の下半分が持っていかれたみたいな感じ」

「だからそれ、お腹空いてるんだって」

「違う。芳美のばか」

体を脱力させて、さらにずぶずぶとビーズソファに沈み込む。もはやこのまま、干からびてしまえれば楽な気がした。

「あの、魂の繋がりといえば」

なにを思いついたのか、香織さんが唐突にはしゃいだような声を上げた。

「『時の旅人』のテオも、ずっと彷徨い続けているわけじゃないですか。あれも魂の片割れを探し求める旅だとすれば、いつか報われる日がくるんでしょうか」

「知らないわよ。ドSの斎藤ひかり先生に聞いてよ」

そう言いながら、芳美は顎先を突き出して香織さんの手元を指す。

香織さんが腹這いになって開いているのは、『星とみかづき』の先月号だ。可南子が把握しているかぎりでも、彼女は『時の旅人～ブルゴーニュ編～』を五度は読み返している。

毎月楽しみにしていた連載も、先月最終回を迎えてしまった。結論から言えば今回も、テオは仲間を見つけることができなかった。

テオを匿《かくま》ったピエール・ラトランジュ伯爵は、決して不老不死ではなかった。では三十年も前の写真に写っていた、彼と瓜二つの人物は誰だったのか。

いいや、あの写真は間違いなく、ピエール本人であった。

彼の体は四十歳を境にして、時間を遡りだしたのだ。一年のうちに、二、三歳は若返ってゆく。三年後に彼は妻子と別れ、この葡萄畑に囲まれた古城に居を移した。

なぜ若返ってゆくのか、最後にはどうなってしまうのか、それはピエールにも分からない。だが自分のような者が存在するのだから、不老不死の人間がいてもおかしくはあるまい。そう考えて、彼はテオを受け入れていた。

　でもたまに、恐ろしくてたまらなくなる。近ごろは明らかに、若返りの速度が速まっているのだ。体が瑞々しくなってゆくにつれて、失われてゆくものもある。成人してから出会った妻と、愛していた息子の面影が曖昧なのだ。写真を確認してやっと、こういう顔だったと思い出す。そのうちきっと写真を見ても、この人たちは誰だろうと、首を傾げる日がくるのだろう。

　テオもまた長い時を経て、出会ってきた人たちの顔かたちが朧気になっていることに気づく。短いながらも温もりのあるひとときを過ごした彼らは、テオの記憶の中ですら死にかけていた。

「君はいずれ、僕のことも忘れてしまうね。でも悲しむことはない。人は多くを抱えたまま、生き続けることはできないんだよ」

　古城に匿われて過ごすうちに、十七、八歳の見た目だったピエールはさらに若返り、テオと同じ年頃になっていた。

　不老不死の少年を求めるナチス親衛隊の捜索の手は、間近に迫りつつあった。その策にはまり、レジスタンスの青年がテオの居場所を喋ってしまう。

　もう逃げ場はない。古城は奴らに包囲されてしまった。テオは投降することに決め、ピエールと最後にワインで乾杯する。

　だがそのワインを飲んだとたん、テオはテーブルに突っ伏してしまった。体が痺《しび》れて動けない。

「よかった。不老不死でも薬は効くんだね」立ち上がったピエールは、テーブルにあったペティナイフで長い髪をばっさりと切り落とした。

不老不死の少年の特徴は、金髪碧眼、年の頃は十四、五歳。ピエールは言った。「僕が行くよ。これ以上失うことに、耐えられないから」

明け方になり体の自由を取り戻してから、テオはピエールを捜しにゆく。そしてブルゴーニュの森で、変わり果てた姿になった彼を見つけた。ピエールは不死かどうかを確かめるため胸を撃たれ、そのまま放置されたのだった。

テオはもう、涙も出ない。ピエールの遺体の傍らに、自らもそっと身を横たえる。そのまま静かに、フェードアウト。こうしてブルゴーニュ編は終わりを迎えた。

「テオには今度こそ、仲間を見つけて幸せになってもらいたかったです」

切なげに吐息して、香織さんは『星とみかづき』に視線を戻す。

「伯爵がこれ以上失うことに耐えられないと言ったのは、きっとテオのことじゃないんですよ。愛する家族が心から消え失せてしまうことを恐れたんです。それがまたやり切れない」

「そうよね。あれはテオを庇ったんじゃなく、一種の自殺だったのかもね」

「でもまさか、身代わりになるなんてさ。どっちも金髪碧眼で、キャラが被ってるよねって、よっさんと言い合ってたのに」

そのキャラ設定も、つまりは伏線だったのだ。オープニングと同じ森で、死に寄り添って目を閉じるテオの表情も切ない。

テオだって、失うことにはもう耐えられないのに。ピエールは、自分の事情で逝ってしまったのだ。

「続編の、さらに続編はあるんでしょうか」

「斎藤ひかり先生の、腱鞘炎次第じゃない？」

「今回の連載で悪化したって書いてたもんね」

もっと続きが読みたいけれど、斎藤ひかり先生もすでに七十を超している。若いころのように、月刊連載で描き続けるのは骨の折れることだろう。

「先生がブルゴーニュ編を描いてくれたから、欲が出ちゃったわね」

「せめてテオが幸せになるところは、読みたいよね」

「ええ、ぜひ！」と、香織さんが少女のように目を輝かせた。

「どうする。編集部に、ハガキでも送る？」

ずいぶん懐かしいことを言って、芳美がおどけたように肩をすくめた。かつての少女たちは筆マメで、漫画編集部に大量のハガキを送りつけていたものである。

「さてお昼、どうしようかしらね。詠人がいないと、いまいち張り合いがないわ」

テーブルに手をついて、芳美がよいしょと立ち上がる。

桜井の奇襲があったあの日以来、詠人の訪れはぱたりと絶えていた。

天候に問題がないのに、四日も顔を見せないのははじめてだ。念のため窓の外に顔を向けてみても、気持ちのよい秋晴れの空が広がっている。

「大丈夫なんでしょうか」

この家に通う仲間として、香織さんが表情を曇らせる。

可南子は「どうだろう」と、仰向けに寝返りを打った。

「そもそもあの歳の子が、こんなおばさんだらけの家に通ってくるのもおかしな話なんだけどさ」

庭の雑草はすでに夏の勢いを忘れ、あまり伸びなくなった。このまま放っておけば、少しずつ冬枯れてゆくのだろう。

「そうですね。遊びにおいでよってこっちから誘いに行くのも、変ですしね」

可南子たちとは違い、詠人にとってこの部屋は通過点にすぎない。ほんの少し羽を休める場所が必要なら喜んで提供するけれど、彼がもういいと判断した時には、背中を押して送り出してやるまでだ。

「なにかあったのかもしれないけれど、少しだけ様子を見てみましょう。近所のおばさんがあまり出しゃばるのも、どうかと思うからね」

同世代の友人ではないのだから、手を引いて一緒に歩いてやることはできない。やれやれ自分も歳を取ったと、可南子は自嘲ぎみに口元を歪めた。

「ところでおばさん、それ、鳴ってない？」

「おばさん」を連発する可南子の言葉尻を捕え、芳美がこちらを指差した。ビーズソファの傍らに置いておいたスマホが、震えている。着信音が鳴るとうるさいから、常にマナーモードに設定していた。

手に取ってみると、表示されていたのは知らない番号だ。誰だろうと訝りつつも、『素敵百貨』の編集者かもしれないと思い直して「はい」と出た。

「もしもし、竹下？　俺だけど」

どこの俺だと、言い返してやりたくなる。だが声と押しつけがましい口調で、誰だか見当がついてしまった。

「えっ、なんで桜井？」

　昼食の準備をしようと、芳美が廊下へと続く引き戸を開けようとしている。その手が桜井の名前を聞いたとたん、ぴたりと止まった。


　桜井の電話はつまり、たんなる不動産屋の営業だった。

　先日パンフレットを置いて行った分譲住宅の、モデルハウスを見学しに来ないかという。挨拶もそこそこに、桜井は用件を押しつけてきた。

　パンフレットといっても、中身をろくに見てもいない。まさか本気で営業をかけてくるとは思っておらず、可南子は大いに驚いた。

「いや、そんなことよりも、なんでこの番号を知ってるのよ」

　桜井と、連絡先の交換などした覚えがない。尋ねると、桜井はこともなげに答えた。

「ああ、矢坂に聞いた」

　同窓会の幹事を務めた矢坂には、申し込みの際たしかに住所や電話番号を伝えた。それを聞かれるままに教えてしまうとは、個人情報の管理がなっていないにもほどがある。

「勝手にそういうことしないでよ」

「まぁまぁ、いいじゃん。それよりいつ来られる？」

　嫌悪感を示しても、まるで通じない。桜井はこの歳まで、コンプライアンス研修を受けたことがないのだろうか。

「行かないよ。家なんか買わないって言ってるでしょ」

「そう言わずに、見るだけ見るだけ。買い物ついでにちょっと寄ってよ」

件《くだん》の物件は、駅から徒歩二十分程度の場所にあるという。買い物ついでと言われても、駅前まではめったに行かないから億劫だ。

行かないってばと強く拒絶しようとして、こちらの様子を窺っている香織さんと目が合った。電話がかかってきたついでだ。あのことを聞いてみようと思い直した。

「ねぇ、そういえば桜井の奥さんって、フラワーアレンジメントの講師だったりする？」

急な話題の転換に、桜井は面食らったようだ。「え、なんで？」と、声を裏返らせてから答える。

「講師っていっても、週に二日のアルバイトみたいなもんだけどな。誰に聞いたの？」

会話を洩れ聴こうとして、芳美がぴたりと身を寄せてくる。可南子は思わず顔を上げ、二人で目と目を見交わした。

4

一方通行の細い私道を挟み、六つ子のような住宅が、向かい合わせに並んでいる。周りは年季の入った瓦屋根の家が多く、このあたりの一画だけが、まるでおもちゃの町のように見えた。

六軒のうち、手前の一軒がモデルハウスになっており、予約制で見学を受けつけているようだ。待ち構えていた桜井に誘導されて、駐車スペースにどうにか赤いゴルフを停める。

「面白そうだから行ってみようよ」と見学を勧めた芳美は、今朝になって「やっぱり面倒」とごねて来なかった。覚えとけよと恨みを込めて、可南子はパーキングブレーキのペダルを踏み込んだ。

「お前、駐車めちゃくちゃ下手だな」

桜井は、今日も安定の腹立たしさだ。開口一番に可南子を嘲笑ってくる。人を馬鹿にしていないと死ぬ病なのかもしれない。

「まぁいいや、どうぞ上がって」

住宅展示場ではないから、予約を受けつけた営業マンが一人で対応するようだ。建て売りらしい画一的な外観を眺めてから、可南子は玄関でスリッパに履き替えた。

「昨日の今日で、さっそく見にきてくれて嬉しいよ。昔の友達ってやっぱりいいよな」

一応客だから持ち上げてくれているようだが、桜井と友達だったことはかつてない。中学時代も一クラスメイトの範疇《はんちゅう》を超えるような会話はしなかった。

なにも聞かなかったふりをして、可南子は広々とした玄関ホールを眺め回す。４ＬＤＫの二階建ては、どう考えてもファミリー向けだ。入ってすぐの壁一面が、家族四人分の靴が無理なく収納できるシューズラックになっている。

「この分譲はさ、子供のいる女性の建築士とプランナーがタッグを組んで開発したモデルなんだ。だから女性目線の使いやすさが詰まってるって評判でさ。竹下にも見てもらいたかったんだよ」

中身を見る以前の、宣伝文句からすでに興味が湧かない。「はぁ」と生返事をする可南子を促し、桜井は正面の扉を開けた。

「じゃじゃーん。ここが広さ十八畳のファミリーラウンジ。開放感があって、南向きだから採光バッチリ。隣が四・五畳の洋室になってて、間の引き戸を開けるとほら、さらに広々！」

　近ごろは、リビングとダイニングが一緒になったスペースをそう呼ぶらしい。独り身には、ますます縁遠い物件に思える。

「そしてなんといっても女性が一番気になるポイントは、キッチンだろ。ほら見て、アイランド式回遊キッチン！　動線がぐるっと繋がってて、これは出入りが楽ですよ！」

　乗り気でない可南子をよそに、桜井は両腕を広げたり、大袈裟に手を叩いて見せたりと、全身を使ってアピールしてくる。暑くも寒くもない季節なのに、額には汗が光っていた。

「ほら見て、ほら。これが奥様大喜びポイント。なんとトルネードミスト方式の蛇口を採用しております！　細やかな水流で油汚れが落ちやすくて、手は荒れにくい。ちなみに風呂のシャワーヘッドもそう。ちょっとこれ、水、触ってみてよ。細かいだろ。これを使ってるだけで、お肌ぷるぷるだぞ」

　蛇口が全開にされ、勢いよく水がほとばしる。触れてみるとたしかに、肌への当たりが柔らかい。ハンカチを持ってきていなかったので、可南子は濡れた指先を、さりげなくパンツの尻で拭いた。

「収納にもかなりこだわっててさ、キッチンの後ろにはほら、こんなに大きなパントリー。そうだ、竹下はどうせ服とかバッグとかたんまり持ってんだろ。だったらこっちだ。三畳のウォークインクローゼット！」

　堂々とした足取りで、桜井がファミリーラウンジを横切ってゆく。そのまま二階へと向かい、階段の突き当たりにあるドアを開けた。

「これだけあれば、衣装持ちも満足だろ。オプションでここを旦那様の書斎にリフォームすることもできますよ、ってセールストークは、今はいらんか。うははは」

なにがおかしいのか知らないが、桜井は胸を反らせて笑いだす。この内覧が成功するとでも思っているのか、上機嫌だ。それに引き換え、可南子は早くも疲れていた。

「二階に来たついでに、次は主寝室行ってみるか。これがまた広々として――」

「待って、桜井。もういいわ。もう充分」

これ以上つき合っていたら、苛立ちを抑えきれない。可南子は手を突き出して、先をゆく桜井を呼び止めた。

「えっ、なんでだよ。ちゃんと隅々まで見たほうがいいぞ」

「いいわよ、どうせ買わないんだから」

そのひと言で、桜井の表情は一変した。明るく持ち上がっていた頬の肉が、すとんと下がる。笑み細められていた目も、三角に尖《とが》った。

「なんでよく見もせずに、そんなこと言うんだよ」

「最初から言ってるじゃない。買わないって」

「なんだよ、じゃあ見学なんか来るなよ！」

「アンタが見るだけでいいから来いって言ったんじゃない」

理不尽な言いがかりをつけられて、可南子は膨張しそうなこめかみを揉んだ。

「そんなもん方便に決まってんだろ！」と、桜井が身も蓋もないことを言う。

「買ってくれたっていいじゃないか。金ならどうせ、うなるほど持ってるくせによ」

「べつに、うなりはしないよ」

東京で女一人、定年まで働き続けても、老後に余裕があるわけじゃない。それなのに、よっぽど貯金があると思われているようだ。

この人ったら本当に、私目当てでよっさんの家に来てたのね。

芳美の言うことも、あながち間違ってはいなかった。東京を引き払ってきた可南子は、いいカモだと思われていたのだ。

キャベツや大根じゃないのだから、販売価格二千八百万円の家を買ってくれとは恐れ入る。仮にうなるほど金があったとしても、独り身の女が投資にも使えなそうなこの物件を、なぜ買うと思ったのか。

「考え直せって。女性目線で造られてる家だから、絶対に住みやすいぞ。そうだ、まだ見せてないけどここの洗面所、高級ホテルみたいでちょっといいんだよ」

桜井は、まだ無駄な足《あ》掻《が》きをしている。

そういうことではないのだと、可南子は深くため息をつく。

「ねぇもしかしてあなた、いつもこういう営業をしているの？」

尋ねると、桜井は「は？」と大きく口を開けた。

桜井の妻が香織さんの知る「講師の桜井さん」だと分かり、もう少し詳しく話を聞いてみた。

桜井さんは、最近ますます夫の厭味がひどいと悩んでいたそうだ。

もともと人をからかって、面白がるようなところはあった。子供の些細な失敗を笑い物にするので、やめてくれと怒ったこともある。その傾向がここ数年で、さらに強くなったという。

理由はなんとなく分かっている。五十も半ばを過ぎたあたりから、桜井の営業成績が落ちているのだ。本人はなにも言わないが、歩合給が減っているのだから嫌でも気がつく。

そのころから桜井は苛々して、妻や息子を馬鹿にするような言いかたばかりするようになった。おそらく周りを下げることで、己の矜持《きょうじ》を保っているのだろう。だが毎日馬鹿にされ、傷つけられるほうはたまったものじゃない。

「去年の春に息子さんが進学で家を出たから、二人きりになってますます辛いと言っていました。子供が学生のうちは我慢するけど、卒業したらちょっと考えるかもって」

香織さんの情報によれば、妻の側はこの先の離婚も視野に入れているようだ。そんな危機的状況に、桜井は気づいているのだろうか。

可南子の問いかけに、目の前の桜井はぽかんとしている。かと思えば、すぐさま人を小馬鹿にするような笑みを浮かべた。

「なんだよ、それ。いつもなわけないだろ。友達だからこういう口調なだけじゃん。気にするなって」

友達だとしても越えてはいけない一線があるはずだが、この際それはどうでもいい。質問の意図が伝わらなかったようだから、可南子は別の言いかたをすることにした。

「口調のことじゃないの。いつも見当違いの客に、見当違いの商品を勧めてるのかって聞いているのよ」

部下を指導していた現役時代を思い出し、可南子は背筋をぴんと伸ばして腕を組む。そうすると、桜井とはあまり目の高さが変わらなくなった。

「独り者に４ＬＤＫの戸建てが広すぎるってのは、あたりまえすぎるから置いとくことにして、何度か強調してた女性目線ってなに。そのピントはどこに合ってるの？」

妙な迫力に押され、桜井はせせら笑いを引っ込めた。代わりに唇を尖らせて、不貞腐れたような顔つきになる。

「そりゃあ女性が考えたんだから、女性が暮らしやすいように――」

「女を十把《じっぱ》一絡《ひとから》げにするな！」

会話を遮り、ぴしゃりと叱りつけてやる。桜井は、目をまん丸にして唇をすぼめた。

「家族がいる子育て中の女性と、定年退職後の独り身の女の求めるものが、同じだとでも思ってる？　隣の部屋と繋げられる広々としたファミリーラウンジ、ええ、そりゃよござんした。でも一人じゃ熱効率が悪すぎるよ。六畳間のほうがすぐに冷えるしあったまる。あとなんだっけ、回遊式キッチン？　家族もいないのになにを作れと？　私だけならコンビニのお一人様用の総菜で充分なのよ」

桜井が圧倒されている隙に、次々と言葉を繰り出してゆく。

女性とひと口に言っても、年齢や仕事、配偶者や子供の有無によってステージは変わってゆく。この家の機能のほとんどは、還暦の可南子には無用の長物だ。ターゲット層が違うのに、女性目線をありがたがれと言われても困る。

「あなただって男性目線で開発しましたとか言って、たとえばそうね、世界中の鉄道番組だけが見られるテレビを勧められたらどうよ。男がみんな電車好きと思うなって、反発しない？」

「鉄道番組？」

「そう。他は一切映らないの」

「なんだよ、それ」

「だから、もののたとえよ」

　こんなことを言うと桜井はもっと激昂《げきこう》するかと思ったのに、可南子の下手なたとえ話に気を削がれたのか、相変わらずぽかんとしている。その様子はむしろ、途方に暮れているかのようだ。

　それならばと、可南子は幾分語調を緩めた。

「この物件のメインターゲット層は、三十代からせいぜい四十代前半の、子供のいるご夫婦でしょう。あなたとは、二、三十歳離れてるわけだ。年齢差が広がってくると、難しいよね。彼らの要望を、あなたはちゃんと汲めてるかしら？」

　今の子育て世代の価値観は、可南子たちのころとはまったく違う。共働き世帯の数も違えば、男性の育休なんて、かつては概念すらなかった。

「さっきの営業トーク、奥様大喜びとか、旦那様の書斎にとか、その世代は嫌がるんじゃないのかな」

　キッチンは妻の領分、夫にはほっとひと息つけるスペースを。男女の役割が変化してゆく中で、そんな家族像はすでに時代がかってしまった。古臭いと思われるだけならまだいいが、嫌悪を抱く者だっている。

　桜井の営業成績が落ちているのは、そういった世代間のギャップによるものが大きいのではないだろうか。ここに来て、そう感じるようになった。

かく言う可南子も、かつてそれで失敗したことがある。四十半ばで『immer』に転職したばかりのころだ。張りきって前の会社で数字が取れたネット媒体に広告を出したところ、大コケした。『immer』のターゲットは五十代以上の女性で、メイン層は六十半ばから七十前半。それ以来、紙媒体に力を入れるようになったものだ。

年齢が開けば、それだけ客のニーズが汲み取りづらくなってゆく。可南子だって定年までは必死にアンテナを張っていたはずなのに、移り変わりの早い十代、二十代の流行りは、もはや分からなくなってしまった。

「そういえば桜井は、もう再雇用になったの？」

答えやすい質問を投げてやると、桜井は「いや」と首を振った。

「俺、誕生日が一月だから」

だったらまだ、五十九歳。定年には達していないようである。

己の年齢に思い至ったのか、桜井はしょんぼりとして、疲れたように息をついた。

「じゃあ、どうすりゃいいんだよ。雇用延長で六十五歳、いや、七十歳まで働かなきゃいけないかもしれないんだぞ。客との歳なんか、どんどん開いてく一方だ」

桜井も、うっすらと自覚してはいるのだ。モチベーションを上げて軽快なトークを繰り広げたつもりでも、なにか空回りしている気がする。なぜぴたりと嵌まらないのかと、焦り続けていたのだろう。

雇用年齢の引き上げが進むにつれ、そういった齟齬《そご》はあちこちで見られるようになるはずだ。

可南子だっていつかまた外で働きだすかもしれないのだから、他人事ではない。

先ほどの営業トークを思い返し、可南子は「そうねぇ」と頬を撫でた。

「属性に頼らず、相手のことをよく見るしかないんじゃない。実は『お肌ぷるぷる』には、ちょっと惹かれた」

そのワードが出たのは、シャワーヘッドのくだりである。近ごろ肌の保湿力に衰えを感じつつある可南子は、少なからず心を動かされた。

「そんなふうにさ、私に刺さりそうなアピールポイントを挙げてみてよ。他の誰でもない、私によ」

「無茶言うなよ」

可南子が真剣そのものの目を向けてやると、桜井はしぶしぶながら、じっとこちらを見返してきた。可南子のことなんて本当は、ほとんど知らないはずだった。でもそれは、見学に来る他の客も同様だ。

「バリアフリー設計だから、敷居につまずいて転んだりしない」

ようやく絞り出した答えに、可南子は「おいおい」と破顔する。

「まだそこまで年寄りじゃないって」

だが近い将来足腰が弱ってゆくに違いないから、そのアピールは案外悪くない。

「じゃあ、これは。バリアフリーだから、ロボット掃除機が一台あれば、掃除の手間がかなり省ける」

「おおっ、それはいい！」

段差が苦手なロボット掃除機は、昔ながらの芳美の家ではあまり役に立たない。「その調子」と、可南子は手を打ち鳴らす。

「あと風呂に、自動お掃除機能がついてる」

「えっ、なにそれ」

「ボタン一つで浴槽を洗浄してくれる機能。風呂上がりにピッと押すだけで掃除が済む」

「なんでそれをもっと早く言わないの！」

「風呂を案内する前に、お前がもういいって言ったんだろ」

世の中には、可南子が知らない便利な技術があるものだ。まさかそこまで、「女性目線」とやらが行き届いているとは思わなかった。

「その機能、最高じゃない。うわぁ、うちのお風呂もそれにしたい。芳美にリフォームしないか聞いてみようかな」

そんなお金はないと突っぱねられるに決まっているけど、以前腰を痛めて以来、風呂掃除が辛くなっている。特に浴槽の中を擦るには、不自然な体勢で腰を屈めねばならなかった。

「うん、いいね。これはかなり惹かれた」

「だったら買ってくれよ」

「しつこいわね。買わないわよ」

桜井にはもう、さっきまでの押しつけがましさはない。「あーあ」と肩の力を抜いて、苦笑した。

「なんだよ、ちくしょう。せっかく金づるがやって来たと思ったのによ」

「もうちょっと、方便とやらをうまく使いなさいよ」

「うるせぇ。客でもない奴には使わん」

いい歳をして、子供のように拗ねている。「ちょっぴり憧れだった桜井くん」の面影を、ほんのわずかに覗けた気がした。

「竹下ってさ、こんなに口達者だっけ。昔はもっと大人しかったイメージがあるんだけど」

「そりゃまぁこの歳まで、女一人で生きてきましたんで」

「苦労したんだな」

性格がきつくなったのを苦労の結果と解釈されるのも腑に落ちないが、決して悠々自適な人生ではなかったと分かってもらえればいい。可南子は「あはは」と乾いた笑い声を上げた。

客ではなくなった可南子の前で、桜井はうんと伸びをする。肩の可動域が狭く、思うより腕が上がっていないのもご愛敬だ。

「でもなんか、ボロクソに言われてちょっとすっきりした。若手のころみたいに、怒ってくれる人なんかもういないしさ。むしろちょっと、腫れ物っぽく扱われてるわ」

この歳になるともう、かつての部下が上司になっていたりする。妙に気を遣い合って、お互いにやりづらいのだろう。

あのまま東京に残って働いていたら、自分も同じ悩みを抱えていたかもしれない。そんなことを思いつつ、可南子は顔の前に人差し指を立てた。

「じゃあついでにもう一つ、口幅ったいことを言うね。お客さんだけじゃなく奥さんにも、ちゃんと向き合ったほうがいいと思う。じゃないと、取り返しのつかないことになるかもよ」

伸びをしていた桜井の腕が、萎んだように下りてくる。動揺を隠せぬ様子で、しきりに瞬《まばた》きをしはじめた。その瞳は、不安げに揺らいでいる。

「なんで、そんなことを知ってるんだよ」

5

朝一番の予約で出かけたから、モデルハウスの見学ついでに日用品の買い物をして帰っても、まだ十時過ぎだった。

普段なら朝ご飯を食べて、だらだらしているうちにこの時間になってしまうところだ。どうせ芳美は顔も洗わず、ソファに寝そべっているに違いない。

と思ったのに、ヴィクトリアンスタイルの部屋に彼女の姿はなかった。玄関には香織さんの靴もあったから、二人でいるはずなのだけど。

二階でカタリと、物音がする。様子を見に行ってみると可南子が寝起きしている部屋の隣の襖が開いており、芳美と香織さんが中のものを片づけていた。

「あれ、もう始めてるの」

ここはもともと、敦司の部屋だ。ゴミ袋に不用品を投げ入れていた芳美が、「お帰り」と顔を上げる。

「うん、できれば日が暮れる前に終わらせたいからね」

「手伝うよ。その前に着替えてくる」

「すみません、お手数かけて」

香織さんが恐縮して、ぺこりと頭を下げる。「いいのよ」と言って、可南子はひらひらと手を振った。

高校卒業以来十六年間、敦司の部屋は使われずに放置されていた。いよいよそれを片づけて、香織さんに使ってもらおうというのである。

香織さんは息子たちとの同居にあたり捨てられなかった荷物を、トランクルームに預けていた。気に入りの食器や鞄《かばん》、アンティークのランプといった雑貨などである。

「そういったものは、身近にあったほうがいいわよ。うちに置いとけば？」

それに、トランクルームの料金だってもったいない。芳美に強く説得されて、香織さんも「ご迷惑でないのなら」と頷いた。

だったらまずは、使っていない部屋を空けなくては。そんなわけで、敦司の部屋が選ばれたのである。

一緒に住んではいないけど、香織さんはほぼ毎日午前中にやって来て、日が暮れてから帰ってゆく。もはやここが、第二の家となっている。

あまりにも頻繁に出入りするものだから、先日彼女の息子さんが気を遣って、菓子折りを持って挨拶に来てくれた。腰の低い、優しそうな人だった。

香織さんが日中ほとんど留守にしているお蔭で、家庭内の空気は以前ほど、ギスギスしてはいないそうだ。息子さんからはしつこいほど、「ありがとうございます」とお礼を言われた。

軍手と使い捨てのマスクをつけて、可南子も片づけに参加する。

十六年の間眠っていた部屋の壁には、映画版の『デスノート』のポスターが貼られている。敦司が青春を過ごしたのはこの時代だったのかと、妙な感慨が湧いてきた。

「桜井は、どうだった？」

簞笥の中の洋服をゴミ袋に詰めながら、芳美が尋ねてくる。

「どうだった、じゃないよ。よっさんが行ってみようって言いだしたくせに」

「ごめんごめん。今朝になって正気に返ったのよ。私べつに、桜井に会いたくないなって」

それではなんの言い訳にもなっていない。可南子は呆れて肩をすくめた。

「私だって、会いたくはなかったんだけど。腹が立って、つい説教しちゃったし」

「わぁ、さすが可南子さん」

香織さんが、イボつきの軍手を嵌めたまま手を叩く。ぽふぽふと、空気が抜けるような音がした。

桜井は怒らなかったけど、思い返せばずいぶんよけいなことを言ったものだ。彼のピントのずれた接客に、初老の悲哀を感じてしまった。同い年の自分にもきっと、似たような認識のずれがあるのだろう。そう思うと、いたたまれなくなってくる。

「あ、そういえばあの人、夫婦仲が危ういことに気づいてたよ」

新しいゴミ袋を開き、可南子は学習机の上に並んでいたフィギュアを捨ててゆく。ペットボトル飲料についていたおまけかなにかで、どれも埃にまみれていた。

「あらら。奥さんになにか言われたんでしょうか」

「うん、そうみたい」

桜井は妻からついに、「そんな態度を取り続けるなら、こっちにも考えがある」と宣言されたらしい。結果の出ない仕事に疲れ、「いいよな、お前は。お花いじってるだけで、金もらえるんだもんな」と、愚痴を零していたときのことだった。

「むしろ奥さん、今までよく我慢したわよ。別れて正解だと思う」

「いやいや、まだ離婚話にもなっていないから」

可南子は気の早い芳美をなだめる。

でもこの先は、どうなるか分からない。「考えがある」というのは、いわば脅しだ。しばらくの猶予は与えてやるが、なにも変わる様子がなければそれで終わり。桜井は今、試されている。

「変われるチャンスを与えてあげるなんて、奥さん優しいわね」

「ええ、いい人ですよ。少しばかり優柔不断でしたけど、思い切ったんですね」

敦司がこの部屋にあるものはすべて処分していいと言ったらしく、芳美も香織さんも、そのへんのものを手あたり次第に捨ててゆく。ゴミ袋の中には、高校の制服や通学鞄まで入っていた。

「桜井も、捨てられなきゃいいけどね」

「あらやだ、タケコったら優しい！」

芳美がふざけて、今まさに捨てようとしていたメガホンを口元に当てる。どうやら敦司は西武ライオンズのファンだったらしい。

「私はもともと、優しい女よ」

そう嘯《うそぶ》いて、可南子はマスクの下で軽く舌を出した。

教科書や古雑誌を紐《ひも》で束ね、階下へと運んでゆく。

紙ゴミの日が近いから、忘れないよう玄関に積んでおくのだ。いやらしい本やＤＶＤが見つかったら気まずいなと危ぶんでいたが、そういったものはさすがに敦司が家を出る際に処分したのだろう。

雑誌の束を置いて、可南子はトントンと腰を叩く。微かな強張りを感じるが、痛めてはいないようだ。

この体も、騙し騙し使っていかなきゃいけないわね。

埃除けのマスクをずらし、ふうと息をつく。腰をゆっくりと回してストレッチをしていたら、ジョガーパンツのポケットが震えた。

軍手を外し、慌ててスマホを引っ張り出す。夏美からの着信だった。

「はい、もしもし」

と応じながら、庭に出る。夏美と連絡先を交換したことは、なんとなく芳美に伝えていない。伝えても、いい顔はされないだろう。

「あ、可南子さん。すみません、ご無沙汰してます」

ちょうど昼時だから、休憩中だろうか。声がこもって聞こえるのは、口元を手で覆っているからだろう。近くに同僚がいるのかもしれない。

「あの、さっき敦司から、母が実家の片づけをしているらしいと聞いたんですけど」

敦司の部屋の片づけは、本人の許可を得て行っている。ぐうたらな芳美がそんなことをするのは珍しく、夏美にも連絡が回ったのだろう。

「ああ、そうなの。敦司くんの部屋を、ちょっと使わせてもらいたくてね」

香織さんのことを話したら、その人品を確かめるために、夏美がまたすっ飛んできそうだ。面倒を避けるべく、そのあたりは曖昧にしておく。

ちなみに可南子が今使っているのは、夏美のものだった部屋だ。敦司とは違い、思い入れのあるものはすべて送ってほしいと、細かく指示があったという。

「そんなに大事なものなら、家を出るときに持って出てほしかったわ」と、後に芳美がぼやいていた。

「そうだったんですね。びっくりした。敦司が家じまいしてるみたいなニュアンスで話すから」

「ないない、それはない。ちょっとした模様替え！」

よかったと、夏美が安堵の息をつく。めったに寄りつかない実家でも、なくなってしまうのは嫌なのだろう。

「母は、元気にしてますか？」

そんなことは直接聞けばいいのに、難儀なことだ。

「元気よ。今、学習机を解体してる」

昔ながらの、上棚がついた学習机だ。そのままでは重くて運びづらいからと、香織さんと協力して棚を取り外しているのである。

「そうですか。意外とアクティブに動いてるんですね。可南子さんのお蔭です。ありがとうございます」

はじめは値踏みするような目を向けられていたのに、いつの間にかずいぶん信頼されたものだ。

可南子は「いいえ」と首を振る。

「あの、またなにか変わったことがあったら、教えてもらえますか。メッセージでいいので」

それも直接芳美に聞け。と思わないではないが、間に可南子が入ったほうがスムーズに状況を知れるのだろう。

もちろんよと請け合って、通話はそれで終了した。

スマホを元通りポケットに収め、二階へ戻る。

階段を上る足音を聞きつけて、芳美が敦司の部屋から「タケコ！」と呼んだ。

「ちょっと来て。ねぇこれ、書き物机として使う？」

芳美がいるかどうかと聞いているのは、解体した後の学習机だった。

圧迫感のある上棚を取り外すと、驚くほど印象が違う。もともと作りがしっかりした、いい机なのだろう。

「テーブルならあるから、平気」

「そう？　でも仕舞っちゃうのももったいないから、仏間に置いておこうかしら」

「うん、いいんじゃない」

芳美はこの机を気に入ったようだ。かなり重量がありそうだから、三人で運ぶことにした。重さを少しでも減らすため、抽斗をすべて抜いてゆく。

「いくわよ。せーの！」

机に手をかけて、三人で息を合わせて持ち上げた。

「あっ、やっぱり重い。腰が！」

「こんなとき、詠人くんがいてくれると助かるんですけどねぇ」

「いやいや、あの細っこい腕よりは、私のほうがまだ力あるわ」

大騒ぎをしながら、机をどうにか廊下に運び出す。

芳美が寝起きしている仏間には、はじめて入る。以前は一階の、二間続きの片方が仏間だったらしい。ヴィクトリアンスタイルへリフォームした際に、仏壇をこちらへ移したという。

襖を開けてみると、本当に仏壇しかない和室だった。芳美の布団や衣類は、押し入れに収納されているのだろう。家具らしきものは折り畳み式のテーブルのみで、生活感がまるでない。

「奥の窓際に、くっつけて置いちゃおう。はい、もう少し頑張って」

芳美の指示に従い、机を運び込んでゆく。室内は、微かに線香のにおいがした。

「あの方が、スシさんですか？」

香織さんが仏壇に目を向ける。つられて可南子も背後を振り返った。

仏壇の足元に、遺影が立てて置かれている。黒い額縁の中から、グレイヘアの男性が微笑みかけてきた。

「うん、そう。一人で撮ったのが一枚もなくてね。職場の忘年会かなにかの写真を切り取って引き伸ばして、今って着せ替え加工までしてくれるのね。びっくりだわ」

そんなわけで遺影のスシさんは、黒いスーツを着ている。声を荒らげたことがないという芳美の言葉どおり、穏やかそうな人だ。目元の皺が、柔らかい。

「はじめて見ましたね」

「うん、優しそう」

これがひねくれ者の芳美をして、「緩やかに繋がれていた」と言わしめた男の人か。そう思うと、やはりちょっと羨ましい。この六十年間で、自分はそんな相手と巡り合えただろうか。

よそ見をしていたせいで、注意が疎かになっていた。机を支えて後ろ向きに歩いていた可南子は、芳美の「危ない！」という声で我に返った。

ふくらはぎに軽い衝撃が走る。進路を誤り、折り畳み式のテーブルにぶつかったのだ。上に載っていたものが、ガシャンと音を立てて落ちた。

「わっ、ごめん」

「いいえ。いったん机は置きましょう」

爪先を挟まないよう気をつけて、ゆっくりと机を下ろす。芳美がすぐさま落ちたものを拾い集めようと身を屈めたから、可南子も慌ててそれに続いた。

「いいよ、私がぶちまけたんだから」

可南子が落としたのは、漆塗りの硯箱《すずりばこ》だった。蓋が外れ、中身が畳の上に散らばっている。筆ペン、定規、インク、カッター、ペン軸にペン先、雲型定規と、スクリーントーンの切れっ端？

可南子の目に触れまいとするように、芳美は膝をついてそれらを掻き集めている。

かつて漫画少女だったから、知っている。これらの道具が、なんのためにあるのかを。しかもすべてに、使い込まれた跡がある。

掻き集めた道具の上に覆い被さるようにして、芳美がおそるおそる顔を上げる。こちらの反応を窺うように、じっとりとした目を向けてくる。

これは多少不自然でも、知らないふりをしたほうがいいのだろうか。

という可南子の気遣いは、香織さんが「えっ、すごい」と声を上ずらせたことで無駄になった。

「芳美さん、漫画を描いてたんですね！」

6

新聞広告の裏を、さらさらと鉛筆が滑ってゆく。線の一本一本に迷いがなく、勝手に絵が浮き出てくるようである。

「やだ、思った以上に上手い」

一階のマホガニー色のテーブルに身を乗り出して、可南子は素直な感想を洩らす。隣で様子を見守っていた香織さんが、興奮気味に「テオだわ！」と叫んだ。

しかも七〇年代の連載当時の絵のタッチだ。続編よりも線の細いテオの、バストアップの肖像である。オリジナルと瓜二つとまではいかないが、特徴がよく捉えられている。

「勘弁して。もう何十年も描いてないんだから！」

テオのブロンドヘアの光沢を描き入れてから、芳美は鉛筆を放り出した。久し振りと言うわりに、顔のバランスがちゃんと取れている。

「よっさんが漫画を描いてたなんて、全然知らなかった」

「高校でタケコと別れてからだもの。結婚した後は描く暇がなくて、道具も仕舞いっぱなしになってたの。それを取りに物置に入って、たまたま見つけたのよ」

　そう言って、芳美は香織さんが使っている座椅子を指差す。

物置に仕舞い込まれていた座椅子を取ろうとして、うっかり崩してしまった段ボールの山の中から、例の硯箱が出てきたそうだ。

「懐かしいなと思って、ちょっと部屋に置いといただけ。ほんと、それだけなんだから」

　べつに悪いことをしたわけでもないのに、芳美は早口になって言い訳をする。顔どころか、首まで真っ赤に染まっている。

「プロを目指していたんですか？」

「まさか。趣味よ、趣味。ストーリー作れないし、人物しか描けないもの」

　あらためて考えてみると漫画家というのは、原作つきでもないかぎり、ストーリーも絵も一人でこなすのだから畏れ入る。プロならアシスタントがつくといっても、おそらくペン入れからだろう。

「絵柄も斎藤ひかり先生に倣っているから、オリジナリティがないしね。プロなんて無理無理」

　そうは言ってもスクリーントーンまで持っているくらいだから、本気で描いていた時期もあったはずだ。問いただしても、芳美はきっと認めないだろうけど。

「はい、おしまい。もういいわよね」

「えっ、待って。その絵ください」

　広告を折り畳もうとした芳美の手を、香織さんが取り押さえる。眼差しが真剣そのものである。

「今の絵も綺麗だけど、私はやっぱり七〇年代のひかり先生の絵が好きなんです。少年期の儚さが伝わってくる、流麗な線描が」

「いやでも、広告の裏だし」

香織さんの熱意に、芳美が押されている。「構いません」と詰め寄られ、諦めたように嘆息した。

「だったらもうちょっと、ちゃんとした紙に描くから」

「いいんですか。やったぁ！」

いつもは控えめな香織さんが、その場で躍り上がる。膝立ちになった拍子に、なにを思ったかはっと窓の外を見た。庭になにかを見つけたような動作だった。

まさか、また桜井か。

とっさに身構え、可南子も芳美も素早く視線を動かした。

まず真っ先に目に飛び込んできたのは、白い毛むくじゃらの生き物だ。赤い首輪をつけられて、それに続くリードを細身の少年が握っている。

ユキくんが先に視線に気づき、メェェェェと声を長く引いて鳴いた。

「やだ、詠人！」

驚いて目を丸くする少年に、可南子たちは窓を開けて駆け寄って行った。

中間テストだったんですよと、詠人は言った。

昨日と今日がテスト期間で、その前三日は試験勉強に充てていたという。

「七月の期末テストのときも、五日ほど来なかったと思うんですけど」

そうだったっけ。雨の多い時期だから、ユキくんが嫌がって来なかったのだとばかり思っていた。

「試験はちゃんと、受けてたんだね」

感心しながら、可南子は芳美が作ってくれた野菜たっぷりの焼きそばを啜る。すでに二時を過ぎており、遅めの昼食だ。詠人も菓子パン一つしか食べていないというので、大盛りの皿を抱えている。

「一応、進学はしたいので」

湯気の上がる麺を吹き冷まし、詠人が一気に啜り込む。もはやなにを食べても横にしか成長しない可南子たちとは違い、体が欲している食べかたをする。

めきめきと、栄養が取り込まれてゆくのが見えるようだ。今は可南子より小さくて、芳美より軽いかもしれないが、あっという間に追い抜いてしまうのだろう。

「テストのできはどう？」

芳美がティッシュペーパーを箱ごと差し出す。一枚抜いて、詠人は口の周りについたソースを拭った。

「まぁまぁです。可南子さんから教わった文章問題のコツ、使えました」

「本当？　お役に立ててなにより」

詠人なら、自習だけでもそこそこの点数は取れるだろう。真面目な子だから、教師からの受けもよかったはずだ。周りの子たちがもう少し大人になってくれたなら、学校に通いやすくなると思うのだが。

「それと、前ほど教室にいづらくなかったです。からかってくる奴は相変わらずだけど、『はいはい』って感じで」

「そう、よかった」

「ありがとうございます」

「べつに、なにもしてないわよ」

どうやら詠人のほうが、周りより先に成長してしまったようだ。礼を言われても、芳美は案外そっけない。

受け取った言葉をどのように消化してゆくか、それを決めるのも詠人自身。学校にも行けず、停滞しているように見えても、彼の内側ではじわじわとなにかが育まれていたのだろう。

「あとさっきから気になってたんですけど、それってテオですよね」

「ぎゃー！」

クールに振る舞っていた芳美が、一変して悲鳴を上げた。

詠人が来てすぐテオの絵は他の広告に紛れ込ませたのに、しっかり見られていたのである。

「そうなんです。芳美さんが描いたんですよ。上手でしょう！」

香織さんが芳美の心情を慮《おもんぱか》ることなく、大喜びで絵を見せる。可南子は頭を抱えてしまった友人に、ほんの少しだけ同情を寄せた。

「本当だ、すごく上手い」

「趣味で漫画を描いていたんですってよ」

「へぇ、同人誌とか？」

同人誌とは、出版社を介さずに作られる雑誌のこと。さすがはオタクが市民権を得てから生まれた世代だ。そういう言葉がさらりと出てくる。

香織さんがハッと息を呑み、歓喜の声を上げた。

「そっか、同人誌！」

なにごとかと可南子は首を傾げ、芳美は頭に置いた手の下から様子を窺う。香織さんはお構いなしに、うっとりと手を握り合わせた。

「テオが幸せになるところをオリジナルで読めないなら、描いてしまえばいいんですよ！」

「そっか、なるほど」

その手があったか。可南子は感心して深く頷く。二次創作というものになるが、同人誌では人気のジャンルだ。

「ね、芳美さん。お願いします、描いてください」

「やだもう、なに言ってるのよ」

芳美は冗談として聞き流そうとしている。だが香織さんの眼差しは本気だった。

可南子はすかさず、自分のスマホを引き寄せる。

「あ、駄目だ。冬コミの参加申し込み、とっくに終わってるわ」

近年はテレビのニュースでも開催が報じられているから、可南子でもコミックマーケットくらいは知っている。東京ビッグサイトで夏と冬に催される、日本最大級の同人誌即売会である。

「まさか、売る気？」と、芳美が目を見開いた。

「せっかく描くなら、製本しちゃったほうが楽しいかと思って。私、そのへん得意だし」

冊子などの印刷物なら、前職でこれでもかというほど作ってきた。だからある程度、ノウハウはある。

「いいですね。本にして、売りましょう！」

「待ちなさいって。描くなんて言ってないでしょう。私はだから、人物しか描けないんだってば」

「それなら私、お花が描けます。かなりリアルに！」

香織さんが「はい」と勢いよく手を挙げた。花屋時代には花束につけるオリジナルカードの絵を、自分で描いていたという。

「それはすごい。余白はお花で埋め尽くせばいいね！」

七〇年代の絵柄の少女漫画なら、花を飛ばしておけばどうにかごまかせそうだ。かなり乱暴な理屈だが、可南子は「いける！」と手を打った。

「でも、冬コミの募集は終わっちゃったんですよね」

「そうね。次は八月の夏コミかな」

そうなると、十ヶ月も先の話になる。期間が空くとせっかくの盛り上がりも、冷めて萎んでしまいそうだ。

残念に思っていると、詠人が「スマホ、ちょっと貸してください」と横から手を伸ばしてきた。

「なに言ってるの。コミケなんて若い子ばっかりよ。おばさんが描いた本なんて売れるわけないでしょう。そもそも描かないんだけどね！」

芳美はまだ、描かないと言い張っている。耳を貸さずにスマホを弄っていた詠人が、「あ、すごい」と顔を上げた。

「同人誌即売会、『時の旅人』で検索したら、ちょうどいいのが出てきましたよ」

差し出された画面を覗き込み、可南子はぐっと眉を寄せる。

「『時の旅人』オンリーイベント？」

読み上げたとたん、芳美が「えっ！」と飛び上がった。

「うそ。『時の旅人』のオンリーなんてあるの？」

なんでもオンリーイベントとは、特定のジャンルや属性に内容を限定した即売会であるらしい。つまりこのイベントには、『時の旅人』の同人作家ばかりが集まるというわけだ。

「そうみたい。会場が広いから、いくつかのオンリーイベントと同時開催らしいけど」

スマホを受け取って、参加案内にざっと目を通してゆく。

日程は十二月二十五日のクリスマス。冬コミほど大きなイベントではないため、参加申し込みの締め切りにはまだ余裕がある。参加費用も一スペース四千三百円と、リーズナブルだ。

香織さんがくっつきそうなほど頬を寄せて、尋ねてくる。

「会場の東京流通センターって、どこですか？」

「羽田《はねだ》空港の近くだね」

たしか浜松町《はままつちょう》駅から、東京モノレールに乗り換えとなる。ここからだと少し遠いが、日帰りの参加もできなくはない。

「そんな。東京に『時の旅人』マニアが集まるなんて――」

芳美はまだ呆然としている。根強い人気のある漫画だから、続編が連載されて再び燃え上がったのかもしれない。参加者の年齢層も、高そうだ。

「行ってみたい？」

「うん、行きたい」

「よし、じゃあ申し込んじゃおう」

描き手でなくとも一般参加で自由に出入りできるようだが、可南子はあえて黙っておいた。芳美の描く漫画を、読んでみたかったのだ。

申し込みをする前に、出展者向けのルールを確認してゆく。参加資格はプロ、アマチュア問わず。運営側との金銭のやり取りが生じるため、代表者は少なくとも義務教育を終えた年齢でなければいけないようだ。その代わり、上限はない。

「おっと、サークル名を決めなきゃいけないみたいね」

その名前が、電子パンフレットに記載される。だったらあまり適当なことは書けない。

「どうしよう。三人とも還暦だから、還暦ーズとか」

「信じられない。ファッションプレスやってた人とは思えないセンス」

たたき台として例を挙げただけなのに、ひどい言われようである。

芳美の代わりに香織さんが、建設的な意見を出してくれた。

「還暦のことは、華寿《かじゅ》ともいいますよね。だから華を入れてみては？」

「あ、いいね。花の二十四年組にちなんで、華組とか」

でもそれでは、ちょっと短すぎる。なにかつけ足したほうがいいかと頭を捻っていたら、芳美が思いついて人差し指を立てた。

「『時の旅人』を描くんだから、時の華組はどう？」

「時の華組」と、口の中で呟いてみる。

時を経ても心の中は、まさに花盛りの少女たち。そんなイメージが思い浮かんだ。

「うん、悪くないかも」

「私もいいと思います」

ここに同人サークル、「時の華組」の結成である。

可南子はあらためて、それぞれの役割を確かめてゆく。

「じゃあ、メインの作業はよっさんでしょ。香織さんは背景のお花とアシスタント。私は各種手続きと、スケジューリングや宣伝をやるわ」

絵の腕前に自信はないが、可南子にも得意分野はある。その他諸々の雑用も引き受けるとして、これで役割分担は完璧だ。

ところが芳美は、「それじゃ駄目」と首を振った。

「タケコはプロットも担当よ」

プロットとは、漫画や小説の基になるあらすじのこと。可南子は「は？」と顔をしかめる。

「言ってたでしょ、私はストーリーを作れないの。だから頼むわね」

「いや、頼むって言われてもさ」

「可南子さんなら大丈夫ですよ。コラムの連載も持っているし！」

なにげない日常を切り取った短いコラムと漫画のプロットは、まったくの別物である。架空のストーリーを作り上げた経験は、可南子だって一度もない。

「無理だって、そんなの書けない」

「あらそう、だったら私も描けなーい」

「嫌だ。そんなこと言わないでくださいよ、芳美さん！」

もはや座っていられなくて、可南子は立ち上がって抗議する。だがまったく、聞き入れてもらえる気がしない。

大騒ぎの華組を尻目に、詠人が空になった皿を重ねている。

騒がしい室内を一瞥《いちべつ》して、ユキくんがやれやれとばかりに欠伸《あくび》をした。

第5章

三人の冬

1

鍋肌に沿って、醤油を回しかける。

ジュッと小気味のいい音がして、一瞬遅れて香ばしいにおいが立ちのぼる。

お店で食べるものほど米がパラパラしていないが、悪くないできだと思う。

「はい、お昼だよ。冷めないうちに食べて」

鶏ガラスープの素にお湯を注いだだけの即席スープを添えて、ヴィクトリアンスタイルの部屋へと運び込んだ。

作業台と化したマホガニー色のテーブルに、食事を置くスペースはない。芳美と差し向かいに座って手を動かしていた香織さんが、気を遣って折り畳み式のテーブルを広げてくれた。

「お腹空いた。でも、ここのペン入れだけやらせて」

芳美は一心不乱にペンを走らせている。ちょうどテオの顔のアップに取りかかっているところだ。ペン先はＧペン。強弱をつけた、めりはりのある線が引けるという。髪や瞳の中の細かな描き込みは、繊細な表現ができる丸ペンを用いる。

「今日中に仕上がりそうですか、先生」

ひと足先に食卓につき、可南子はチャーハンを食べはじめる。若干の揶揄を込めた呼びかけに、芳美が「無理！」と鋭く返した。

「この原稿の白さを見れば分かるでしょ。表紙だってまだ描けてないんだから」

作成予定の同人誌は、全二十ページ。そのうち裏表の表紙を四枚と数えるから、原稿は十六枚必要になる。ペン入れが済んでいるのは、まだ四枚ほどだ。

「表紙さ、やっぱりカラーは描けない？」

「描けない。カラーなんてろくに練習してない」

デジタルが発展したこともあり、今どきの同人誌は表紙がカラフルだ。モノトーンだと、並べるとどうしても見劣りする。

「じゃあ、紙とインクの色で差別化を図るしかないか」

ならばここは、腕の見せどころ。単色刷りでも、紙とインクを選べばお洒落でシックな雰囲気に仕上げられる。印刷所のスタッフに相談して、お勧めの組み合わせを聞いてみよう。

可南子が選んだ印刷所は同人誌の作成に特化しており、オンラインでありとあらゆる相談に対応してくれる。初心者としては実にありがたいサービスである。

「そこはもう、タケコのセンスに任せる！」

芳美の言質も取ったことだし、可南子はさっそくスマホを操作してオンライン相談の予約を取った。

「十五パーセント割引には、間に合いませんでしたね」

可南子の向かいに座った香織さんが、レンゲを手に取り、残念そうに肩をすぼめる。

参加予定のイベントは、十二月二十五日。印刷所から会場へ直接搬入するならば、通常締め切りは二十日となる。それよりも早く入稿できれば、印刷代に早割が適応される。

今日はすでに十三日。部屋の壁にはインテリアにそぐわないカレンダーが貼り出されており、十四日の欄に『十五パーセントＯＦＦ！』という書き込みが、波線で強調されている。

正確には、明日十二時までの入稿でその割引率となる。印刷所は東京の調《ちょう》布《ふ》にあり、間に合わせるには今日のうちに宅配便に乗せる必要があった。

「しょうがないね。十六日の十パーセントオフを目指そう」

通常締め切りで本を作った場合、印刷代の見積もりはオフセット印刷五十部で三万三千二百十円。一冊あたり六百六十四・二円となるので、販売価格は七百円に設定しようと思っている。

もはや利益などないようなものだが、初参加の無名サークルの本がさほど売れるとは思えないから、実際には大赤字になるだろう。損失を最小限に抑えたければ、早割を使うにかぎる。

十六日の十パーセントオフを逃せば、次はもう通常締め切りだ。それにすら間に合わなければ、今度は割増料金になってしまう。

「分かってるわよ。だけどね、これはタケコのせいよ。プロットに時間をかけすぎなのよ」

手を動かしながら、芳美が文句をつけてくる。

それについては、申し訳ないと思っている。だが可南子にだって言い分がある。

そもそも四百字詰め原稿用紙換算で五枚程度のコラムを書くのですら難儀しているのに、二次創作とはいえ、漫画のストーリーを考えろというのは無茶が過ぎるのだ。

しかも題材が『時の旅人』とくれば、芳美にも香織さんにも、ひとかたならぬこだわりがあった。

「私だけが悪いのかな。あなたたちが駄目出しをしまくって、何度も書き直しをさせたせいじゃないの？」

やっと書けたと思っても、「テオはこんなこと言わない」「このへんの心の動きが不自然じゃありません？」などと言われ、書き直しを要求された。求められる水準が高すぎて、胃に穴が開くかと思った。

その結果、薄い本にはとうてい収まりきらないほどの情報量になってしまった。そこからさらにシーンを削り、端折《はしょ》りに端折って、芳美が十六枚のネームに起こしたのである。ネームとはコマ割りや構図、キャラクターの配置などを大まかに描き表した、下書きの下書きとでも呼ぶべきものだ。

その作業にまた、時間がかかった。「このシーンを省くとお話全体の流れが分からないんじゃない？」とか「コマ割りが小さすぎて見づらいですよ。心理描写はもう、雰囲気で見せちゃいましょう」とか、今度は可南子たちが注文をつけたせいである。

「まぁまぁ。ひとまずは十六日入稿のつもりで頑張りましょうよ。それが駄目でも、通常締め切りには間に合いますから」

インクのついた手を広げ、香織さんがなだめにかかる。けっきょくは利益を度外視した趣味だから、こうして入稿がどんどん遅くなる。

きりのいいところまで描けたのか、芳美がペンを置き、這いずりながら近寄ってきた。「イテテテ」と顔をしかめているのは、足腰に負担がかかっているせいだ。仏間に運び込んだ学習机で作業をしたほうが楽ではないかと思うのだが、遺影のスシさんに見られているようで落ち着かないそうだ。

手指の関節まで硬くなっているのか、芳美は握ったり開いたりを繰り返してからレンゲを取った。

「目指すんじゃなくて、意地でも十六日までには仕上げるわよ。十パーセントオフなら、六百円で売れるもの」

「えっ、でもそれじゃあ利益が――」

「同人活動で儲《もう》けようなんて思ってないし、赤字になったってべつにいいの。それより少しでも安く売りたい。だってド素人の漫画なのよ」

そもそも同人誌はそのほとんどがアマチュアの手になるものだが、今どきは商業出版でも通用しそうなほど上手い作家がいくらでもいる。そういう意味で芳美は自分をド素人と言ったのだろう。

はじめて作る本である。できるだけ手に取ってもらいやすい価格に抑えたいという気持ちはよく分かる。

「よっさんがそうしたいならいいけどさ。ってことは、十五日には発送しなきゃいけないよ。あと二日。できる？」

「やる」

簡潔に答え、芳美はチャーハンを頬張った。

ならば印刷所にも、そう伝えておこう。年末の冬コミに向けて、あちらも忙しいらしいのだ。

入稿が早ければそれだけ喜ばれるに違いない。

「ねぇ。このチャーハン、なに入れた？」

口の中のものを咀嚼しながら、芳美が微かに眉を寄せる。可南子は最後のひと口を頬張りながら答えた。

「冷蔵庫にあった、タマネギドレッシング」

「ああ、どうりで少し酸っぱいと思いました」

香織さんが口元に手を当てて、納得とばかりに頷いている。

「もしかして、まずかった？」

「ううん。予想と違う味がして驚いただけ」

これはこれで悪くないわよと言って、食べ進めてゆく。だが芳美は決して、美味しいとは言わなかった。


一夜明けて十四日。芳美は目の下にくっきりとクマを浮かべていた。

「ちょっとタケコ、この髪の先っちょのほう、トーン貼れてないじゃない！」

しかも時間に追われて、ピリピリしている。可南子は手渡された原稿用紙をまじまじと見た。スクリーントーンは貼るべき箇所に圧着したのち、主線に沿ってカッターで切り取ってゆく。その際にミスをしたらしく、たしかにトーン指定されたキャラクターの髪の先が白いままだ。

「ああ、ごめん。でもほんのちょっとだし、このくらいならいいんじゃない？」

「よくないわよ。不器用な上に、大雑把なんだから！」

貼り直しだわとぼやきながら、芳美はトーンを剥がしてゆく。追い詰められているせいで、いつもより当たりがきつい。

「芳美さん、私が貼りますよ」

「駄目よ。香織さんはお花。とにかくお花を描きまくって！」

香織さんはちょうど、テオの背後に花を飛ばしまくっていた。バラに芍薬《しゃくやく》、百合《ゆり》、ガーベラ、なにも見ずによくぞと感心するほど、するすると描いてゆく。これがないと、背景が真っ白になってしまうのだ。

「ああ、詠人来てくれないかな。あの子、手先が器用なのよね」

芳美の嘆きを聞きながら、振り子時計に目を遣った。すでに午前十時を過ぎている。外は冬晴れで、ユキくんが嫌う湿気はない。この時間になっても来ないということは、今日も学校に行ったのだろう。

十一月の下旬に二学期末テストがあり、それをきっかけにして詠人が学校に通う日数が増えてきた。からかい癖のある友人と和解したのか、それとも詠人が取り合わないことにしたのか。本当のところは知らないし、聞くつもりもない。

ただ彼がちょっと行き場を失ったときにだけ、ここで休憩していけばいいと思うのだ。いつ来てもいいように、ユキくん用の野菜くずは溜めてある。

「あんまりあの子をあてにしないの」

「だって、タケコが戦力外すぎるんだもの」

「そんなことないですよ。可南子さんは作画作業以外のすべてを引き受けてくれていますから」

作画に於《お》いて、可南子が役立たずなのは間違いない。消しゴムかけくらいはできるだろうとやってみるも、インクが乾ききっておらず、原稿を汚してしまったのは昨夜のことだ。修正作業が必要になり、やはり芳美に怒られた。

あのときは香織さんが間に入ってくれなければ、喧嘩になっていただろう。可南子はそれ以上、原稿に手を出すのは諦めた。

人に得手不得手があるのはしょうがない。その代わりに可南子は苦手な料理も含めた一切の家事と、対外的なやり取りを引き受けている。芳美だって、本当は分かっているはずだった。

長く息を吐いて苛立ちを逃がしながら、スマホを手に取る。印刷所との打ち合わせは十一時から。その前にと、ＳＮＳを開いてみた。

アカウントは、自分たちのサークル名である「時の華組」で登録していた。自己紹介や原稿の進捗状況などを呟きつつ、イベントの運営側が作成した電子パンフレットを元に参加サークルをフォローして回っている。

「あっ！」

フォロワーがまだ二桁しかいない自分たちのアカウントをチェックして、可南子は思わず声を上げた。

「よっさん、大変。『のすたるじあ』さんがフォローバックしてくれてる！」

「ええええっ！」

原稿に集中していたはずの芳美が、凄まじい勢いで振り返る。首の筋を痛めないかと心配になるほどである。

「のすたるじあ」さんもまた、『時の旅人』の同人サークルである。しかもＳＮＳにアップされている絵が、断トツに上手い。フォロワー数も多く、人気があるのも頷けた。

「『先日は本のご購入ありがとうございました。イベント当日にお目にかかれるのを楽しみにしております』だって」

　先方から届いたダイレクトメッセージを、声に出して読み上げる。「のすたるじあ」さんの繊細な絵柄に芳美が惚れ込み、在庫のあった既刊二冊をネット注文で取り寄せたのだ。

「あの、こちらこそ楽しみにしてますって。ご挨拶させてくださいって、返事して」

　ファン根性丸出しの芳美は、声を上ずらせている。可南子は「はいはい」と、そのとおりの文章を打ち込んだ。

　しかもこの「のすたるじあ」さん、イベントではなんと「時の華組」の隣のブースである。人気サークルの隣はそのぶん客が多く流れてくるので、有利らしい。

「当日のご挨拶用に、差し入れ用意しとくわ」

　なにがいいだろうか。休憩の合間に手軽に食べられる、個包装の菓子類がベストか。頭を悩ませていたら、香織さんが感心したように顔を上げた。

「そういうあたりに気が回るのって、さすがバリバリ仕事をしてきた人ですよね」

　正直なところ、可南子にとってはこれが楽しい。イベント当日に向けて不備のないよう、段取りを整えてゆく。細かなタスクを一つずつ潰してゆくたびに、陣取り合戦で勝ち進んでいるような気分になる。

「ああ、どうしよう。拙い本だけど、うちのも一冊もらってくれるかしら。やだ、ドキドキしてきちゃった」

「楽しみですね」

「ええ、あと一日頑張りましょう！」

芳美もやる気と元気が戻ってきたらしく、香織さんに向けて右腕を突き出している。

印刷所との打ち合わせは、作業の邪魔にならないように自室でしよう。そう決めて、可南子はそっと立ち上がった。

2

するりと意識が浮上する。

布団から手を伸ばして枕元を探り、スマホを引き寄せた。

まだ朝の、六時前。アラームより先に目が覚めてしまった。

しかし二度寝をしている暇はない。階下の様子が気にかかり、可南子はむくりと身を起こす。火の気のない自室は寒く、布団の上に掛けてあった久留米絣の半纏を素早く羽織った。

はじめて芳美の家に泊まった朝に、貸してもらった半纏である。芳美の趣味ではなさそうだと思っていたら、元はスシさんのものだったらしい。「よかったら着て」と勧めてくれたので、ありがたく使わせてもらっている。

ぎしぎしと階段をきしませながら、一階に下りてゆく。日の出時刻が遅くなってきたせいで、あたりはほんのりと薄暗い。息を吐くと、真っ白い湯気になって立ちのぼった。

「タケコまで起きてたって、しょうがないでしょ」と芳美に追い立てられ、眠りについたのが午前二時ごろのこと。寝不足のはずだが、頭の中は妙に冴えている。

ヴィクトリアンスタイルの部屋に入ると、室内の暖かさに体が緩んだ。ヒーターがつけっぱなしになっており、ビーズソファに倒れ込むようにして香織さんが眠り込んでいる。

原稿の仕上げのために、けっきょく泊まり込みになったようだ。もはや彼女とは、半ば同居しているようなものである。

香織さんを起こさないよう、そろりそろりと引き戸を閉める。マホガニー色のテーブルに、芳美の姿はない。ペンや面相筆、カッターや定規といったものが机上に散らばっているものの、描きかけの原稿用紙は一枚もなかった。

縁側に続く両開きの引き戸が、片方だけ開いている。そっと顔を覗かせてみると、芳美が戸にもたれて座り込んでいた。

膝の上に、原稿の束を載せている。だが眼差しはぼんやりと、明けてゆく窓の向こうに注がれている。

可南子の気配に気づいたか、その顔がこちらに向けられた。目元に疲れが滲み、瞼がいかにも重そうだ。ぱちぱちと目を瞬《しばたた》き、不審げに見上げてくる。

「ああ、タケコか」

「そうよ。誰だと思ったの」

明け方の縁側は冷える。手を伸ばすと、芳美は素直に掴まった。原稿の束を小脇に抱えて、立ち上がる。

「原稿、仕上がった？」

「うん、ついさっき。けっきょくひと晩中かかっちゃったけど」

体力のなさと老眼がキツいわと言って、芳美が欠伸を嚙み殺す。たしかにあと十歳若ければ、作業はもっと早かっただろう。長年漫画を描き続けているベテランの先生方を、あらためてすごいと思う。

半纏を脱ぎ、熟睡している香織さんにかけてやってから、二人並んで猫脚のソファに座った。

「読んでいい？」

尋ねると、原稿の束が無言で差し出された。それを手に取り、一枚一枚ゆっくりとめくってゆく。

ストーリーはこうだ。舞台は現代のオランダ。テオは襤褸《ぼろ》を身に纏《まと》い、街頭で靴磨きをして糊《こ》口《こう》を凌《しの》いでいた。ある日たちの悪い客から靴に傷がついたと難癖をつけられて、弁償を迫られる。それを助けてくれたのが、黒塗りの車に乗ったアッカーマンと名乗る富豪だった。

アッカーマンはテオに身寄りがなく、学校にも通っていないと知ると、うちの屋敷で働かないかともちかけてくる。これまでにも、行き場のない子供たちをそうやって引き取ってきたそうだ。仕事といっても頼みたいのは、簡単な掃除と息子の遊び相手。その代わりに衣食住の面倒は見ると言う。

そんなうまい話があるものかと訝ったが、テオは疲れ果てていた。どんなひどいことが起こっても、どうせ死ねない。いつの間にかその体は、ナイフでえぐられても痛みを感じないほどになっていた。

　アッカーマンの申し出を受け入れると、テオはすぐさまその屋敷へと連れて行かれた。温かい食事をもらいシャワーを浴びて、糊《のり》の利いたシャツを着る。しばらくするとお抱えの医師が来て、健康診断まで受けさせてくれた。

　身綺麗になってから執事長に案内されたのは、息子のアダムの部屋である。生まれつき体が弱く、外で遊ぶことができないと聞かされていた。母親はすでに他界しており、父親は仕事で常に忙しい。その無聊《ぶりょう》を慰めるため幾人かの子供が遊び相手として送り込まれたものの、アダムには気に入られなかったそうだ。

　いったいどんな気難し屋なのか。そう思いながらアダムと対面したテオは、キングサイズのベッドに半身を起こした彼と目が合い、雷に打たれたようになる。まだ十にも満たない子供なのに、アダムの瞳はこの世のすべての悲しみを煮詰めたような深い色をしていた。

　アダムもまた、テオの瞳に同じものを見たようだ。頼りないほど細い腕を伸ばし、「君は、なぜ？」と尋ねてくる。それ以上の言葉は要しなかった。彼らは心の深い部分で、なにかが繋がったのを感じた。

　それはいわば、絶望の絆とでも言うべきものだ。心臓に重大な欠陥を抱えるアダムの人生は、物心つく前から苦痛の連続だった。助かる見込みはもはや移植手術だけ。しかし適合するドナーが見つかるまで、彼の体はもたないかもしれなかった。

　二人が共に過ごせる日々は、決して長くはないと思われた。けれどもテオはアダムの悲しみに深く共鳴し、どうにか助けることはできないかと思案する。アッカーマンとお抱え医師との密談を偶然耳にしてしまったのは、そんな折であった。

医師は報告していた。テオの血液を使ったマッチングテストの結果が、良好だったと。アッカーマンはずっと、息子の体に適合する子供のドナーを探していたのだ。彼が身寄りのない子供たちを拾い、世話をしていたのはそのためだった。

それは悪魔的な考えである。息子の命を引き伸ばすために、無関係な子供を脳死に至らしめようというのだから。アッカーマンの地位と財力を以てすれば、孤児一人の生き死になどいくらでも操作できるのだ。

だがこれまでの子供たちは、マッチングテストの結果がふるわなかった。そこへようやく、移植に適した少年が現れたというわけだ。

テオは身震いした。恐怖ではなく、喜びに。この体で、アダムを助けられるかもしれない。心臓を取られても生き返るのかどうか、それは分からないが、死んでしまったとしても悔いはない。すでに数十人分の人生を、生き抜いてきたのだから。

覚悟は決まった。テオは自ら、ドナーになると申し出る。

一年後。心臓移植は無事成功し、アダムは学校に通いはじめている。友達ができ、校庭で走り回ることも可能になった。けれどもふとしたときに思い出す。あの悲しい目をした少年のことを。テオは別の里親に引き取られていったのだと、父親から聞かされた。でもどうしてだろう。彼はいつだって、傍に寄り添っている気がするのだ。

とくん、とくん。心臓の鼓動がするたび、テオの存在を近くに感じる。

彼とはまた、会えるだろうか。きっと会える。二人の絆は、切れてはいないのだから。

級友と共に、ボール遊びに興じるアダム。その姿を、離れた木陰から見守る影がある。子供たちの弾けるような笑い声を聞き、その人物は口元にそっと笑みを浮かべる。そして午後の日差しに見事なブロンドヘアを煌めかせながら、静かに去ってゆくのだった。

十六ページに収めるには、設定を盛り込みすぎた自覚はある。

それでも説明は極力省き、少年二人の表情で魂の結びつきはうまく表現できていると思う。プロの描いた漫画に比べればもちろんアラはあるが、充分力作だった。

「すごいよ、よっさん。最高！」

芳美の肩に手を回し、ぎゅっと抱き寄せる。お風呂に入っていないからボサボサの髪は少し脂っぽく、スクリーントーンの切れっ端まで貼りついている。でもそのにおいが、愛おしく感じられた。

「でもごめん。けっきょく、間に合わなかった」

可南子に力なくもたれかかり、芳美が悲痛な声で詫《わ》びてくる。

カレンダーを確認するまでもない。今は十二月十六日の、早朝である。

「デジタル作画なら、データを送るだけでいいからセーフだったのに。ホントにごめん」

そう言って、芳美は可南子の肩にぎゅっと額を押しつける。

たしかにデジタルなら、入稿作業はスムーズだ。さらに言えば原稿の修正も簡単だし、スクリーントーンを切って貼ってという作業も一瞬でできる。そのぶん仕上がりは、もっと早かったかもしれない。

けれども芳美は、アナログ原稿の描きかたしか知らないのだ。そんなことを悔やんだってしょうがない。

「販売価格は、できれば六百円に抑えたかったけど――」

「なに言ってるのよ、馬鹿ね」

可南子は芳美の体を引き離し、丸い額を指で弾いてやった。手加減をしたから、決して痛くはないはずだ。

「勝手に諦めないでよ。私がなんのために、仮眠を取ったと思ってるの」

入稿のリミットは本日の十二時だ。宅配便で送るなら、タイムオーバーに違いない。だがこんなこともあろうかと、調布までの所要時間は事前に調べておいた。

「むしろ余裕よ。身支度を済ませたらすぐ出るから、車のキーを用意しといて」

ぽかんとした顔で額をさすっていた芳美が、目を見開く。

「えっ、まさか東京まで車で行く気？」

「それは無理。駅までよ」

芳美のスパルタ指導により、市内の移動なら車でできるようになった。だが高速道路など怖くて乗れたものじゃないし、東京の複雑に入り組んだ幹線道路だって恐ろしい。可南子の手に負えるのは、片側二車線までだった。

「だからよっさんは、もう寝てちょうだい。お疲れ様」

「タケコ――」

小鳥のさえずりが聞こえてきた。芳美は重たげに瞬きをしてから、右の手のひらを持ち上げる。

「分かった。じゃあ、頼んだ！」

「任せて！」

パン！　と、軽快に手を打ち合わせる。

なにがなんでも、間に合わせてみせる。だってスケジューリングは、自分の仕事なのだから。

乗り換えのために、数えきれないほど利用してきた新宿《しんじゅく》駅構内を突っ切ってゆく。

久し振りの東京なのに、少しも心が躍らなかった。帰りにショップを見て回ろうとか、素敵なカフェを探してみようとか、そんな浮ついた気分は微塵《みじん》もなく、人の多さにただ苛立つ。どんなに気が急いていても、周りは歩調も行き先もバラバラな人で溢《あふ》れ返り、ともすると押し流されてしまいそうだ。春まではこの流れの中を泳ぎ渡っていたなんて、とても信じられなかった。

調布の印刷所にたどり着いたのは、十一時を少し回ったころだった。

原稿や表紙の規格についてはしっかり確認を取って進めてきたから、入稿作業はスムーズに運んだ。表紙に使うつもりだった紙の質感がイメージと違っており、変更できたからむしろ来てよかったくらいだ。

「よろしくお願いします」と後を託し、印刷所を出た。その店先で、芳美にメッセージを送る。しばらく待ってみたが、既読にならない。きっとまだ寝ているのだ。

よし、帰ろう。そう決めて、可南子は来た道を引き返していった。

湘南《しょうなん》新宿ラインで高崎まで戻り、そこからさらに最寄り駅へ。車を運転してどうにか家に帰り着いたのは、午後四時を過ぎたころだった。

まさに行って帰ってきただけで、朝からなにも食べていない。ほっとしたら急にお腹が空いてきて、可南子は苦笑しながら庭を横切る。

夏の間あんなにも勢いのよかった雑草は冬枯れて、スニーカーのソールにしんなりと踏みしだかれてゆく。これではユキくんの餌が足りないから、詠人は除草で稼いだお金で牧草を買っているそうだ。

玄関の鍵は、開けっ放しになっていた。香織さんの靴がないから、ひとまず自宅に帰ったのだろう。そろそろ彼女にも、合鍵を渡しておくべきである。

「ただいま」と呼びかけると、一階のどこかから「お帰り」と応じる声がする。ヴィクトリアンスタイルの部屋である。

荷物を持ったまま中に入ってみると、芳美はビーズソファを縁側の近くまで動かして、けだるげにもたれかかっていた。朝とは服装が違っているから、シャワーくらいは浴びたらしい。

「起きてたんだね。入稿、間に合ったよ」

「うん、メッセージで見た。でもまさか、こんなに早く帰ってくるとは思わなかった」

久し振りの東京だから、ショッピングくらいは楽しんでくると思っていたらしい。そんな芳美の鼻先に、可南子は把手のついた紙箱を突きつけてやった。

「一刻も早く、打ち上げがしたくてね。疲れた体には、がっつりと甘いものよ」

新宿駅の構内に期間限定で出店されていた、ドーナツショップの箱である。出版社から毎月送られてくる『素敵百貨』に記事が載っていて、美味しそうねと言い合っていた。巷《ちまた》で話題の一品だ。

箱を開けて中を見せると、その毒々しいまでの色彩に、芳美が「きゃあ！」と色めき立った。カラフルなアイシングの上に、ナッツやマシュマロ、ドライフルーツといったトッピングがあしらわれており、カロリーはおそらく悪魔的だ。

「タケコ、最高。今なら罪悪感なく食べられるわ！」

徹夜明けの疲れも忘れ、芳美が手を叩いてその場で躍り上がった。

3

締め切り明けに飲むつもりで冷やしておいた、スパークリングワインの白を開ける。

甘いドーナツと、ワインのマリアージュ。クランベリーソースがたっぷりとかかったドーナツを齧り、芳美は「んー！」と目を輝かせた。

「これ、意外とワインに合う！」

「うん、いけるね。チョコ味はもしかしたら、赤のほうが相性いいかもしれない」

可南子が食べているドーナツは、チョコ生地がさらにチョコでコーティングされ、ナッツと小さなマシュマロがまぶされている。長距離の往復移動で疲れた体に、強烈な甘さとカロリーが染み渡ってゆく。

夕方の早い時間から飲むワインがまた格別で、可南子と芳美は目を合わせてうふふと笑った。坐骨神経に痛みが出ていると芳美が言うから、床に大きなトレイを置いて、体を横たえて飲み食いしていた。古代ローマスタイルである。

「ドーナツ、たくさん買ってきたのね」

「うん。香織さんと詠人がいる場合を考えて、全部で八個」

「じゃあ、二人の分は置いとかなきゃよね」

「食べられるだけ、食べちゃえば。晩ご飯と一緒にしちゃってもいいし」

「やだ、不健康」

言葉とは裏腹に、芳美の笑顔は幸せそうだ。原稿が終わってアルコールも入り、ハイになってきたらしい。

「なんだかひと足先に、クリスマスが来たみたい」

ご馳走《ちそう》があるわけでもないのに、頰を上気させている。

「本物のクリスマスは、イベント当日だけどね」

「あ、そうだった」

「お楽しみは、まだこれからよ」

なにもかもをすっかりやり遂げた気分だが、肝心の本番が残っている。本当の打ち上げは、イベント終了後だ。

「じゃあその日は、帰ってから皆でパーティーしない？　詠人も呼んでさ」

「いいけど、せっかく東京に出るんだよ。芳美は敦司くんに会いに行ったりしないの？」

「ああ、いい。あの子はどうせ仕事よ。クリスマスなんて繁忙期だもの」

それもそうだ。ホテル勤務の敦司が、この時期に暇なはずがない。

「そうだ、詠人といえばさ、行きの車で見かけたよ。白ヘル被って、自転車漕いでた。友達と一緒だったよ」

律儀に学校指定のヘルメットを被り、学ランを着ていたから、通学途中だったのだろう。隣を走る友人と、笑い合っているのが遠くからでも窺えた。

「あらそう。噂の柴山くんかな」

「さぁね。その子とは別に、気の合う友達を見つけたのかもしれないよ」

本人に、よけいな詮索をするつもりはない。可南子たちはあくまで、近所に住むおばさんだ。たまに美味しいものを食べさせてやって、静かに見守るくらいでちょうどいい。

「心からよかったと思うけど、少し寂しいわね」

「いいのよ、少し寂しいくらいで。私たちは、のんびり生きていきましょ」

腹這いでワインを飲んでいると、少し眠たくなってくる。外はすでに薄暗く、可南子は振り子時計に目を遣った。

「あれっ、あの時計止まってない？」

「ああ、そう。朝は動いてたんだけどね。ゼンマイが切れたんでしょう」

時報がうるさいからそちらのゼンマイはしばらく巻いていなかったが、ついに針も止まったらしい。ものぐさの家に、手巻き式の時計は向いていない。

「気づいていたなら、巻き直そうよ」

「分かった分かった、後でね」

起き上がるのが億劫らしく、芳美は体を反転させて、ぱたりと仰向けになった。

可南子だって今日はもう、あまり動きたくはない。仕事で走り回っていた若いころに比べたら、疲れやすくなったものだと思う。

だが久し振りに、心地のいい疲れだった。体の重さが、ゆったりと落ち着いた気分に沿う。こんなときは、なにもしないにかぎるのだ。

「タケコ、ありがとうね」

目を開けたまま天井を見つめていた芳美が、ふいにそう呟いた。

「べつに、たいしたことはしてないよ。行って帰ってきただけじゃない」

あらためて礼を言われると気恥ずかしくて、つい謙遜してしまう。それに冷静になって考えてみれば、印刷代の十パーセント引きよりも、調布までの交通費のほうが高くついている。その事実は、胸に仕舞っておくことにした。

「違うの」

芳美は天井を見上げたまま、首を振る。言葉を選んでいる気配があり、しばらくしてからこう言った。

「同窓会に来てくれて、ありがとう」

同窓会があったのは、年が明けて間もない一月三日のことである。

ＳＮＳで繋がった芳美に勧められて、この先を生きてゆくヒントがあるかもしれないと思い、申し込んだ。

早いもので、あれからもう一年近く経ってしまった。そして当時は想像し得なかった場所に、可南子はいる。

「誘っといてアレだけど、タケコが申し込まなければ私は行ってなかったと思う。だって、興味がないもの」

　胸の上に両手を重ね、芳美がふふっと鼻先で笑う。

　ずっと、不思議に思っていた。同窓会に誘ってきたわりに、芳美にはかつてのクラスメイトとの交流がない。むしろ親しくつき合うことで、趣味がばれるのを恐れていた。

　だったらなぜ、同窓会には積極的だったのか。可南子が言わずにいた疑問に、芳美が穏やかな声で答えてゆく。

「タケコにだけ、会ってみたかったの。今も『時の旅人』の話題で盛り上がれるかどうか、試してみたかった。続編のニュースを飛び跳ねて喜んでくれたとき、私ちょっと、泣きたくなったよ」

　そう言いながら、軽く洟を啜る。

　可南子は口をつけようとしていたワイングラスを、そっとトレイに戻した。

「あの日私、車のバッテリーが上がってて遅刻したでしょ。ライトがつけっぱなしだったみたいって言ったけど、違うの。ずっと乗ってなかったからなの」

　妙に口の中が乾く。気をつけたつもりなのに、唾を飲む音がごくりと響いた。

　このあたりでは、ちょっとした買い物にも車がいる。バッテリーが上がるほど、自家用車を放置するなんてことはあり得ない。

　それはつまりどこにも行かず、ひたすら家に引き籠っていたということだ。

「日用品とか、どうしてたの？」

「ネットスーパーの宅配か、通販」

そういえばここに移り住んだばかりのころ、宅配の荷物はいつも、玄関の前に置かれていた。あまりにも頻繁に頼むものだから、そういう取り決めになっていたのかもしれない。

「買い物にも出かけずに、ずっと漫画ばかり読んでたの？」

「そう。今日も明日も明後日も、どうせ一人なんだもの。気は楽だけど、味気ない。でも煩わしい人づき合いはしたくない。日を追うごとに、体の輪郭が曖昧になってく感じがした。スシさんが遺《のこ》してくれた夾竹桃だけが、唯一の救いだったかな。あれ、毒があるから」

「馬鹿」

可南子は庭に目を移す。常緑樹である夾竹桃は、ブロック塀の際で鮮やかに葉を茂らせている。花はもう来年の夏まで咲かないが、葉や枝や、すべての部位に毒がある。

「ねぇもしかして、香織さんに声をかけたのって――」

「そう、私にも身に覚えがあったからよ」

夾竹桃を切り取ったときの香織さんは、なにかに追い詰められた顔をしていた。ひょっとすると芳美も、ああなっていたのかもしれない。

「べつに本気じゃないわ。でも一種の、保険みたいなものだったの」

下手をすれば、死に至るかもしれない毒。そういうものがあることに、救われる気持ちは可南子にも分かる気がした。いざとなればなにもかもを、終わりにしてしまえる力。それは案外、心強い。

「でもね、今年は純粋に、夾竹桃の花を楽しめた。タケコのお蔭だと思う。私の我儘につき合って、同居までしてくれてありがとね」

なぜ芳美は、そんなひと区切りがついたような物言いをするのだろう。

可南子はとっさに、「違うよ」と首を振った。

「私はね、自分のためによっさんとの同居を選択したの。あのまま東京にいたら、たぶん私も同じだったよ。趣味も生き甲斐もなくて、味のないガムを噛み続けてるみたいな毎日だったと思う。だからつまりよっさんの誘いはね、渡りに船だったのよ」

礼を言われる筋合いはない。芳美の寂しさに思い至るより先に、可南子は自分の不安を埋めたかった。

救われたのは、むしろこっちだ。だだっ広いだけの深夜の表参道で、泣きたくなったのはこっちのほうだ。

「ふふっ」と、芳美が涙声で笑いだす。目元を指で拭ってから、ごろりごろりと寝返りを打って近づいてきた。少しばかり赤らんだ顔を、可南子の鼻先に寄せてくる。

「ね、ウケない？　そんな二人がいい歳して、同人サークルやってるのよ」

趣味なんてどうやって見つければいいのかと、真面目に悩んでいたのが一年前。あのころは、自分がオタク活動に手を染めることになるとは思ってもみなかった。

「ホントだ、馬鹿みたい」

「そうよ、香織さんまで巻き込んじゃってさ」

「違う違う、同人誌を作れって言いだしたのは香織さんだよ。むしろ巻き込まれたのは、私たち！」

「そうだった。あの人たまに、熱量がすごいから」

振り子時計の音がしない部屋が、笑い声に満たされた。

どちらかといえば控えめなタイプなのに、香織さんは『時の旅人』のことになると押しが強い。可南子が考えたプロットの、ラストが気に入らないと言って変えさせたのも彼女だった。

はじめの案では、テオは心臓の移植手術の後生き返らないことになっていた。アダムの一部となって共に限りある命を生き、そしていつかは死んでゆく。そういう救いもあるのではないかと思ったのだ。

しかし香織さんは、「テオにはちゃんと、自分の体と心で幸せを感じてもらいたい！」と主張した。

「テオはたとえ死ねなくても、心臓を分け与えた少年の一族が繁栄してゆくことによって孤独ではなくなるの。だからこそ心臓病の少年を、はじまりを表すアダムと名づけたんじゃないんですか？」

指摘されて、なるほどと納得した。アダムという名づけはたんに、オランダ人として違和感がなさそうだと考えたから。だがそこに意味を持たせると、物語がぐっと深まる。可南子も今のラストのほうが気に入っている。

「私たちのこれも、魂の繋がりかしらね」

「間違いなく繋がってるわ。オタク魂だけどね」

可南子は「あはは」と、声を張り上げて笑う。悲しくもないのに、目の前が滲んできた。

芳美がめいっぱい腕を伸ばし、グラスを手に取る。ワインをひと口飲んでから、「ねぇ」と落ち着いた声で呼びかけてきた。

「私はべつに、最期のときまで傍にいる相手は、夫婦や親子でなくていいと思ってるの」

その話は、前もした。これからの時代、子供に介護を託すのはもう無理があると、芳美は言っていた。

「うん、私もそう思ってる」

あれからずっと、考えていた。もともと他人だった夫婦が添い遂げるなら、それは友達にだって可能なんじゃないかと。

いいや、芳美との間にあるものは、友情という言葉では表しきれない。もっと親密で、懐の深いなにか。

「あっ！」と、唐突に閃いた。色めき立って、可南子は芳美の肩を揺さぶる。

「ちょっと、私、分かっちゃった。よっさん前に魂の結びつきのことを、『まだ名前のついていない深い繋がり』って言ってたじゃない？」

「言ったっけ、そんなの」

「言ってた。私の心のメモ帳にちゃんと書いてある。でもさ、それ違うと思う。名前ならもう、とっくにあるのよ」

なにを言いだしたのかという顔で、芳美はワイングラスをいったん置いた。それから手枕をして、こちらに向き直る。

「で、それはなんなの？」

促されてもすぐには答えず、可南子はたっぷり溜めを作った。

「愛よ」

自信満々にそう言って、芳美の目を覗き込む。

初恋の人はテオで、夫となった人と緩やかに繋がって、今は血縁でもない友人と毎日を過ごしている。その日常のどれもが、芳美にとって愛しいものだったらいい。人でも動物でもそれ以外でも、大切なものと心の結びつきがあれば、人は幸せに生きられるのだ。

芳美はしばらく、無表情のままじっとしていた。だが少しずつ、目鼻がぎゅっと真ん中に寄ってゆく。

「クサいのよ！」と、今にも泣きだしそうな顔をして笑った。

今さら恥ずかしくなってきて、可南子も声を揃えて笑う。飲まなきゃやってられないわと、ワインを注ぎ足すべく身を起こした。

その拍子に、窓の外が目に入る。可南子は「あっ」と、伸ばしかけた手を引っ込めた。

「どうしたの？」

芳美もつられて、肘をついて起き上がる。

冬枯れの庭は、しんとした日暮れどきが似合う。だがそんな風情をぶち壊しにして、石灯籠の傍らに、スーツ姿の桜井が佇んでいた。

「なんだ、お前ら。こんな時間からもう飲んでんのかよ」

なんの用だか知らないが、重い体を引きずって縁側に行き、サッシ窓を開けてやる。そのとたんに桜井は、鬼の首を取ったかのように人差し指を突きつけてきた。

仕事をしているわけではないのだから、いつ酒を飲んでもこちらの自由。可南子は平然と腕を組む。

「なにしに来たのよ」

用があるならせめて、玄関から来ればいいのに。

だが芳美は開き直ったらしく、部屋の中が丸見えでも床に座ったまま堂々とワインを飲んでいる。窓が開いていると冷たい風が吹き込んでくるから、迷惑そうに顔をしかめた。

情け容赦のない赤城おろしである。桜井も寒いらしく、ずんぐりとした首をすくめている。

「そんな言いかたするなよ。ほら、これ持ってきたんだよ」

白い息を吐きながら、縦長の袋から取り出したのは酒の一升瓶だ。銘柄は赤城山、しかも今回は純米大吟醸である。

「なにこれ」

「引っ越し祝いだよ」

「今さら？　それに、前ももらったし」

「前のはただの袖の下。こっちが本当の引っ越し祝い」

そう言って桜井は、一升瓶をドンと縁側に置く。

ようするに今回は、見返りを期待しない個人的な贈り物ということか。どうやら可南子は、桜井の営業対象リストから外れたようだ。

アルコールなら、いくらあっても構わない。ありがたくもらっておくことにする。

「ねぇ、桜井。最近奥さんとはどうなのよ」

縁側まで来るのが面倒らしく、芳美が座ったまま声を張り上げる。

「お前ら、どこまで知ってんだよ」と、桜井は嫌そうに顔をしかめた。

桜井から連絡先を教えてもらい、香織さんは「講師の桜井さん」の茶飲み友達に復帰した。香織さんの近況を知って桜井さんは、無神経に愚痴を聞かせてしまったと恐縮していたそうである。

彼女から得た情報によると桜井は、近ごろやけに腰が低くなったらしい。人をからかうような発言はなかなか直らないが、言った後ではっと気づいて、「今のは、よくなかったよな」と訂正したりする。

「あの人なりに、変わろうとしてるんでしょうね。でも気遣いのピントがずれていたりして、今もちょっと苛つきます」

関係修復までの道のりは、まだ長いようだ。だが愚痴を零す桜井さんは、少なくとも辛そうではなかったと聞いている。

「奥さんに捨てられても、慰めてやらないわよ」

「うるせぇ。そのときは俺も、この家に転がり込んでやる」

「ぎゃー、やめて。私とタケコの仲を邪魔しないで」

ムンクの叫びのように両頬に手を当てて、芳美は本気で嫌がっている。

桜井が腹の肉を揺らし、豪快に笑いだす。

「ほらな、お前らやっぱりデキてんだよ」

ひとしきり笑ってから、可南子と芳美が白けているのに気づいて頬を強張らせた。

「おっと、今のはまずかったか？」

思わずぷっと、吹きだしてしまう。発言のストッパーの利きが、まだまだ甘いようである。

可南子は芳美と目を見合わせてから、言ってやった。

「べつに。当たらずといえども遠からずよ」

4

「忘れ物はないですか？」

玄関で靴を履いていると、見送りに出てきた詠人に心配された。

そう言われると気になって、持ち物を確認してみる。ブースの設営に必要なものは、あらかじめ会場に送ったはずだ。刷り上がった同人誌も、印刷所から直接そちらに届く手筈《てはず》である。

「大丈夫よね？」

声をかけると、芳美と香織さんが硬い表情で頷いた。

二人とも、イベントが楽しみであまり眠れなかったらしい。かく言う可南子も、少しばかり寝つきが悪かった。

十二月二十五日の、早朝である。詠人の中学校は、すでに冬休み。特に用事もないからと、今日は一日、この家で留守番をしてくれるそうだ。

「じゃあ、よろしくね。帰ったらチキン食べよう！」

イベントは午後五時まで。少し早めに撤収すれば、それほど遅くならずに帰れるはずだ。今夜は打ち上げを兼ねたパーティーである。

動きやすいよう、足元はスニーカー。無事にたどり着きたいから、車のキーは芳美に託す。駅までの運転だけど、なるべく上手い人がいい。

庭に出ると、枯れ草を食んでいたヤギのユキくんが、「おや、こんな早くからお出かけですか」と言いたげな顔をしている。縁起物であるかのように、その頭を順番にひと撫でしていった。ユキくんは、迷惑そうにメエと鳴いた。

さぁ、出発だ。最寄り駅に無事に着くと、そこからは可南子が先導してゆく。

所要時間はだいたい三時間。在来線をいくつか乗り継ぎ、浜松町からは東京モノレールに乗り換える。

会場は東京流通センターの第一展示場である。受付を済ませて出展者用入口から中に入ると、広いホールにはすでにずらりと長机が並べられていた。

「いよいよね」と、芳美がごくりと唾を飲んだ。

「うん。さぁ、さっさと準備を始めましょう」

一般入場が開始される十二時まで、すでに一時間もない。さっそくブースの設営に取りかかる。

整然と並ぶ長机は、会場の奥からアイウエオ順でエリア分けがされている。一ブースは長机の半分のスペースとなり、そちらには番号が振られていた。

「時の華組」は、エの12番だ。

台車を借りて、宅配便で届いていた荷物をそこへ運び込む。

ブースの設営に入り用なものは、ベテラン同人サークルのサイトを参考にした。まずは長机にクロスを敷き、ずり落ちないようテープで留める。レイアウトは平面より立体のほうが目立つというので、百円ショップでイーゼルやポップスタンドも買っておいた。お釣り用の小銭の用意も問題ない。

「すごい。なんだか手慣れてますね」

テキパキと準備を進めてゆく可南子に、香織さんが尊敬の眼差しを向けてくる。アパレルの展示会に比べれば、このくらいは軽いものである。

芳美はといえば、会場の雰囲気に圧倒されて、ぼんやりと周りを見回している。他のブースも出展者が次々と到着し、設営が進められていた。

「信じられない。この列の人たちみんな、『時の旅人』の同人作家なのよね」

まさにその通り。このエ列全体が、『時の旅人』のオンリーイベントなのである。会場案内図によれば、ブース番号は36まであった。

他の列はそれぞれ同時開催のイベントのシマになっており、ゲームのキャラクターなのか、派手な色のカツラを被ってコスプレをしている若者もいる。それに比べるとエ列は年齢層が高めで、物慣れた空気を放っていた。

「なんだか、歴戦の猛者《もさ》感がありますね」

緊張の面持ちで、香織さんが両手を握り合わせる。

長年のファンはそのぶん、活動歴も長いのだろう。設営の手際がよすぎるし、並べられてゆく同人誌の作りもいい。

多彩なカラー表紙が並ぶ中で、単色刷りはやっぱり見劣りするのではと、可南子もドキドキしはじめた。

三人ではじめて作った本は、はたしてどんな仕上がりになっているのか。可南子はいよいよ、印刷所から搬入された段ボール箱に手をかける。

芳美と香織さんも、期待に満ちた目をして集まってきた。中身を傷つけないようカッターは使わずに、手でビニールテープを剝がしてゆく。

「いい、いくわよ」

声をかけてから、上蓋を開いた。そのとたん、深い色合いのミッドナイトブルーが目に飛び込んでくる。

「わ、綺麗」感嘆の声を上げたのは香織さんだ。

厚口の色上質紙に、インクはメタリックの金を使った。咲き乱れる花の中央で、膝を抱えたテオが手に持ったハートに唇を寄せている。紙の色にインクが映えて、想像以上にできがよかった。

「どう？」

芳美がなにも言わないから、こちらから聞いてみた。

顔を上げた彼女の瞳は、熱っぽく潤んでいる。

「最高よ！」

そのひと言が聞けただけで、満足だ。

段ボールから出した本を長机に並べ、一冊をイーゼルに立てて飾る。ポップスタンドに『一冊六百円』と書き込んだカードを挟めば、これで売り場は完成だ。

オープンまでには、まだ余裕がある。ひと仕事終えた気になって、ペットボトルのお茶で休憩した。

そうするうちに、空いていた隣のブースにも人が来た。女性の二人組で、見たところどちらも、四十代の半ばくらいだろうか。台車を押していたほうが、「あの」と声をかけてきた。

「『時の華組』さんですよね。今日はよろしくお願いします」

可南子もまた如才なく、「こちらこそ、よろしくお願いします」と頭を下げる。

隣のブースなのは知っていたが、まさか一つの長机を共に使うことになるとは。

芳美が「えっ！」と叫んで、両手で口元を覆った。

「もしかして、『のすたるじあ』さんですか」

興奮のあまり、問いかける声が震えている。

相手が「はい」と頷いたとたん、芳美は「きゃあ！」と歓喜に沸いた。

東京駅のホームに、上越《じょうえつ》新幹線「とき」の車両が滑り込んでくる。

キオスクで三人分のお茶を買っていた可南子は、急いで会計を済ませて走る。

「早く早く！」と、芳美が開いた扉の前で手を振っている。

「香織さんは？」

「トイレ。あ、戻ってきた！」

発車のベルが鳴る中を、香織さんが必死に駆けてくる。どうにかこうにか間に合って、三人で乗り込んだ。

スキーシーズンとはいえ、この時間帯の下りはさほど混んでいない。自由席でも問題なく、三名用座席に並んで座ることができた。

窓際の席に落ち着いて、可南子はふぅと息をつく。

「疲れたわ」

「疲れましたね」

「座って帰れるの、ありがたい」

「帰りはもう、新幹線にしちゃわない？」とはじめに言いだしたのは、誰だったか。きっと全員の、心の声だったに違いない。幻聴が聞こえてもおかしくないくらい、疲労困憊《こんぱい》していた。

忙しかったわけではなく、暇疲れだ。なにせ五時間ほどの間に、「時の華組」のブースにはぽつりぽつりとしか客が来なかった。「のすたるじあ」さんに献本した分も含めて、はけたのは十冊だけ。大盛況だった隣のブースから何人か客が流れてこなければ、もっと売れなかったに違いない。

「まぁでも、いろんなブースを巡れたしね」

「うん、それは本当に楽しかった！」

可南子のフォローに、芳美が深く頷く。

暇だったぶん交代で会場を回り、かなりの量の同人誌を買ってしまった。それらはすべて、宅配便で発送済みだ。荷物が届けば三人とも、しばらく廃人同然となることだろう。

「とにかく、いい経験だったわ。お疲れ様」

ひとまずは、ペットボトルのお茶で乾杯する。ビールをプシュッと開けたいところだが、まだ帰りの車の運転がある。

アルコールは、家に帰ってから。留守番の詠人も、クリスマスチキンの到着を待っていることだろう。

「そういえばタケコ、お正月は実家に帰るの？」

お茶を飲みながら、芳美がなにげなく尋ねてくる。

クリスマスが終わったとたん、世間は一気に年末モードに切り替わる。前橋の母からも、そろそろ「どうするの？」と連絡がくるに違いなかった。

「元日くらいは、顔を見せるつもりだけどね」

返事をしながら、足元に置いたバッグからスマホを取り出す。移動時間を利用して、「時の華組」のアカウントで各方面にお礼を言っておかないと。アフターフォローも、可南子の大事な仕事である。

「お母さまとは、折り合いが悪いんですか？」

香織さんが、聞きづらいことをずばりと聞いてきた。

そういえば彼女には、親のことをあまり話していない。可南子は「うーん」と眉根を寄せた。

「悪いというか、この歳にしてお見合いを勧められるのよね」

「ああ、それは面倒ですね」

「本当に。今さら男の人と暮らすのはしんどいよ」

「うんうん、分かる」

芳美が背もたれに身を預けて頷く。今朝は早起きだったから、眠くなってきたのだろう。瞼が重たそうだった。

「そうですね。それに可南子さんが結婚して遠くに行っちゃったら、『時の華組』の活動ができなくなっちゃいますし」

香織さんの発言で、眠気が一気に吹き飛んだらしい。芳美の上半身が跳ね上がる。

「えっ、まだやるつもり？」

「あたりまえです。今回の本だって、四十部も余ってるんですよ。売り切らないともったいないでしょう」

たしかに、今のままでは大赤字だ。これっきり活動をやめてしまったら、苦労して作った本が無駄になる。

「じゃあ、それが売り切れるまでね。新刊を出すのはもう無理よ。体がついてこないから」

「そんなぁ。せっかく結成したのに」

「無理なものは無理！」

しつこく食い下がる香織さんに、芳美はひらひらと手を振った。

マナーモードにしておいたスマホが、可南子の手の中で小さく震える。目を落とすとコメントを打ち込んでいる途中だったＳＮＳに、新しいメッセージが届いていた。

「よっさん、『のすたるじあ』さんから連絡がきてるよ。『いただいたご本、とても素晴らしかったです。ぜひ続きが読みたいです』って」

「えっ！」

長文なのでその先は読み上げず、芳美にスマホを手渡した。

「のすたるじあ」さんも、由緒正しきオタクなのである。興奮すると、文章が長くなってしまう傾向にあるようだ。

　そこには続編のアイデアが、いくつか例として挙げられている。壮年になったアダムが少年のままのテオと再会してしまうという展開もいいし、数十年後にアダムの子孫が絡んでくるという描きかたでもいい。

　とにかくテオとアダムの物語を、ここで終わらせないでほしいと懇願していた。

「これは、社交辞令の熱量じゃないですね」

　メッセージを読み終えた芳美からスマホを受け取り、香織さんがまんざらでもなさそうに笑う。

「のすたるじあ」さんは自身のアカウントでも、「時の華組」を絶賛していた。

　これは嬉しい。いいや、嬉しいだけに留まらない。

　胸の中がなんだかむず痒くて、じっとしていられない気持ち。この快感は、癖になってしまいそうだ。

「分かった、描くわ！」

　突如として、芳美がその場に居直った。興奮のあまり、頬を上気させている。

「『のすたるじあ』さんがそう言ってくれたなら、描くしかないわ！」

「やったぁ。私もお花だけじゃなく、背景が描けるよう練習します」

　言質は取ったとばかりに、香織さんが身を乗り出す。早くも向上心に燃えている。

「なら私は、デザインの勉強をしてみるよ。今回やってみて、装丁が面白そうだと思ったの」

　この先も続けるならと、可南子は自分にも課題を課した。

　店番の合間に聞いてみたところ、「のすたるじあ」さんは装丁をプロのデザイナーに任せていると言っていた。人気サークルはやはり、そういったところにも力を入れているのである。

「タケコはあと、シナリオの勉強もね！」

「えっ、待って。負担を増やさないでよ」

「でも必要ですよ。可南子さんはうちのストーリーテラーなんですから」

二人に指摘されるまで、すっかり忘れていた。可南子はプロット担当でもあったのだ。

やってしまったと、頭を抱える。芳美も香織さんも乗り気になっており、今さら嫌とは言えそうにない。

しょうがない。人生とは学びの連続だ。平均余命がまだ二十九・二八年もあるのなら、予想外の道に迷い込むのもアリとしよう。

新幹線のチャイムが鳴り響き、間もなく大宮と告げている。喋っているうちにいつの間にか上《うえ》野《の》を過ぎ、東京を脱出していたようだ。

「あっ、可南子さん。他のアプリでメッセージが届いたみたいですよ」

芳美の手を経由して、可南子のスマホが戻ってくる。その際に画面が目に入ったらしく、芳美が「えっ！」と目を剝いた。

「なによこれ、夏美から？」

画面には、メッセージの到着を知らせるポップアップが出ていた。アプリを開くまでもなく、送信者とメッセージの一部が確認できる。夏美はプロフィール画像に、双子が赤ん坊だったころの写真を使っていた。

「待って、『母が絵を描けるなんて知りませんでした』って、なに。この子はなんのことを言ってるの」

表示されているメッセージを読み上げて、芳美が真っ青になっている。

ばれてしまったなら、取り繕っても意味がない。可南子は潔く、開き直ることにした。

「夏美ちゃんとはたまに、連絡を取り合っていたのよ。近況報告みたいなものね」

スマホを芳美の手から取り上げて、メッセージの全文を確認する。思い返せば完成した本を前にして、可南子ものぼせ上がっていたのだろう。表紙を写真に撮り、夏美に送りつけていた。

「まさか、同人活動をばらしたの？」

芳美のほうを見ないようにしても、彼女の様子は窓に映っている。羞恥に耐えかねて、体が小刻みに震えている。

「夏美ちゃん、喜んでるよ。絵を描くのは、ボケ防止にもよさそうだって。それに絵も、すごく上手いって」

「そんなことを聞いてるんじゃないんだけど！」

読んでみたいから一部送ってほしいとも書かれているが、それは報告しないほうがよさそうだ。

「ああ、終わった。もう駄目、立ち直れない」

芳美がずぶずぶと、背もたれに沈み込む。

そこまでショックを受けなくても、夏美は本当にこの活動を喜んでいるのだが。なにせ出不精の芳美が、イベントのためなら東京にまで足を伸ばすのである。これからも頑張ってほしいと、応援されていた。

「大丈夫ですよ。これで娘さん公認になったんだから、堂々と活動しましょう」

香織さんが芳美の手を握り、無責任に励ましている。

大騒ぎをしているうちに、新幹線は大宮を出発したようだ。加速に伴い、景色がびゅんびゅんと後ろに流れてゆく。

「覚えてろよ、タケコ。一生許してやらないんだから」

「うん、ごめん。一生ね」

芳美が口にした言葉は、熱烈なプロポーズと大差ない。込み上げてくる笑みを殺しきれず、可南子はにんまりと頬を持ち上げた。

「さぁ、次のお話はどうしましょう。私はもう少し、アダムのエピソードが読みたいです」

続編のことで頭がいっぱいになっている香織さんが、ねだるように身を乗り出してくる。

「そうねぇ――」

さてこの先のストーリーは、どうなってゆくのやら。

流れてゆく景色を目で追うのが、だんだん大変になってきた。それでも窓に映る三人の笑顔は、この旅が終わるまでそこに留まり続ける。

本書は「小説推理」二〇二一年三月号～二〇二一年八月号に連載された
「華ざかりのテルツェット」を改題し、加筆修正したものです。

坂井希久子●さかい きくこ

1977年、和歌山県生まれ。2008年「虫のいどころ」でオール讀物新人賞を受賞しデビュー。17年『ほかほか蕗ご飯 居酒屋ぜんや』で髙田郁賞、歴史時代作家クラブ賞新人賞を受賞。主な著書に「居酒屋ぜんや」シリーズ、『ヒーローインタビュー』『若旦那のひざまくら』『妻の終活』『花は散っても』『たそがれ大食堂』『市松師匠幕末ろまん　黒髪』『セクシャル・ルールズ』などがある。

華《はな》ざかりの三重奏《テルツエット》

2023年4月22日　第1刷発行

著　者―― 坂井希久子

発行者―― 箕浦克史

発行所―― 株式会社双葉社

東京都新宿区東五軒町3-28　郵便番号162-8540
電話03(5261)4818〔営業部〕
03(5261)4831〔編集部〕
http://www.futabasha.co.jp/
(双葉社の書籍・コミック・ムックが買えます)

DTP製版――株式会社ビーワークス

印刷所―― 大日本印刷株式会社

製本所―― 株式会社若林製本工場

カバー印刷―― 株式会社大熊整美堂

ISBN978-4-575-24621-6 C0093